명작 속의 질병 이야기

명작 속의 질병 이야기

초판발행일 | 2014년 11월 29일

지은이 | 김애양
펴낸곳 | 도서출판 황금알
펴낸이 | 金永馥

주간 | 김영탁
편집실장 | 조경숙
인쇄제작 | 칼라박스
주 소 | 110-510 서울시 종로구 동숭동 201-14 청기와빌라2차 104호
물류센타(직송 · 반품) | 100-272 서울시 중구 필동2가 124-6 1F
전 화 | 02) 2275-9171
팩 스 | 02) 2275-9172
이메일 | tibet21@hanmail.net
홈페이지 | http://goldegg21.com
출판등록 | 2003년 03월 26일 (제300-2003-230호)

* 값은 뒤표지에 있습니다.

ISBN 978-89-97318-88-9-93800

의사가 들려주는 문학 속의 의학

명작 속의 질병 이야기

김애양 지음

황금알

아픔을 이겨내고 삶을 사랑하게 되기를

지금 이 순간에도 우리 몸은 쉬지 않고 움직이고 있습니다. 허파는 숨을 쉬고 심장은 박동하고 혈관은 피를 나르고 신장은 노폐물을 청소하고……. 그건 우주가 순환하는 것과 어쩌면 그렇게도 꼭 닮았을까요? 의학을 공부하면서 인체가 소우주를 이룬다는 것에 늘 감탄했습니다. 해가 돌고 지구가 돌고 달이 따라 돌며 저마다의 궤도를 그리는 우주의 이치를 우리 몸이 고스란히 따르고 있으니까요. 우주의 신비가 놀랍듯 의학을 공부하면 할수록 인체의 신비가 경이로웠습니다. 그 놀라움을 무엇으로 표현하면 좋을까요?

오늘도 누군가는 아프다고 진료실을 찾아옵니다.

필멸의 인간이 어찌 아프지 않을 수 있겠어요. 죽음이란 여정에 도달하기 위해서 우리는 쇠약해거나 질병에 시달려야겠지요. 하지만 의학에 대한 지식이 제아무리 많다한들 환자의 고통을 한 번에 걷어 줄 수는 없는 노릇입니다. 고통과 슬픔에는 어떤 마력이 있다지요. 슬픔은 지혜로 모양을 바꿀 수 있고 지혜는 기쁨을 가져다 줄 수 없을지 몰라도 행복은 줄 수 있다고 합니다.

작품들 속의 아픔을 헤아려 보다가 나와 처지가 다른 사람을 이해하는데 더욱 애써야겠다는 생각을 했습니다. 그리고 그때의 생각을 실현하고자 저는 이런 글들을 썼답니다. 인간의 질병을 소재로 삼은 문학작품을 읽고 독자와 아픔을 공유하려고 한 것이지요. 제가 감동한 세계적인 작가의 작품을 통해서 말예요.

　작품 속에는 인간이 감당해야하는 온갖 불행과 역경이 담겨있습니다. 그 가운데에서 질병만큼 인간을 괴롭히기에 좋은 조건이 다시 없더라고요. 토마스 만은 억압된 사랑의 결과가 병이라고 말했습니다. 열심히 문학작품을 뒤져 우리 삶에서 그 질병이 그리는 궤도를 따라가 보았습니다. 부디 누군가에게 아픔을 이겨내는 원동력이 되어 줄 거라 믿으면서요.

　지난 3년간 『문학청춘』에 연재했던 글들을 이렇게 모았습니다. 그간 보내주신 독자들의 성원이 큰 힘이 되었습니다. 세상에 문학작품이 많고도 많지만 딱히 질병을 소재로 삼은 작품은 그리 흔치 않았습니다. 그래도 기왕이면 명망 있는 작가를 찾아 그 안에서 의학적인 요소를 찾아보려고 애썼습니다. 덕분에 독서량이 한층 늘었답니다.

　병마를 이겨내는 힘을 얻고 삶을 사랑하게 되기를 또한 문학으로 소통하는데 보탬이 되기를 바라는 마음을 담았습니다. 질병 없는 세상이 가능하진 않겠지만 가상 체험을 통해 질병에 대한 면역성을 얻고 모두 건강하기를 기원합니다.

　그리고 연재꼭지를 허락해 주신 『문학청춘』에, 책이 나오기까지 격려를 아끼지 않은 분들께 큰 감사를 전합니다.

2014년 10월

역삼동 진료실에서 김애양

차례

1. 매독

당신은 날 때부터 벌레에 먹힌 곳이 있습니다

— 헨리크 입센『유령』

산부인과의 특징이며 장점이자 단점은 여자환자만 만날 수 있다는 것이다. 하지만 드물게 예외가 있으니 그것은 성병 치료를 위해 남녀가 함께 내원하는 경우이다. 그러나 남자는 비뇨기과에서 치료를 전담하기 때문에 성병 걸린 남자를 자주 대하는 것은 아니다.

6개월 전 결혼을 앞둔 예비부부가 내원했다. 후배의사가 나를 소개해 주었단다. 매독 치료제인 페니실린이 우리 병원에 있었기 때문이었다. 이제는 매독이 그다지 흔한 병이 아니라서 개인병원이 모두 그 약을 구비하고 있지는 않다. 물론 대학병원에 가면 치료받을 수 있겠지만 이렇듯 은밀한 병으로는 큰 병원에 가고 싶지 않은 것이 환자들의 심리인 것 같다.

공무원인 예비신랑이 직장에서 건강검진을 받고 매독에 걸렸다는 사실을 알게 되었단다. 예비신부에게 얼른 혈액검사를 시켜보니 아니니 다를까 매독반응수치가 높게 나왔다. 둘 다 어떤 증상을 느꼈던 것은 아니었다. 매독의 초기증상은 피부 발진이나 궤양이지만 무증상인 사례도 매우 많다. 남자는 예비신부에게 매우 미안하게 생각하는 듯 행동했지만, 그녀는 성병이 무언지도 모르는 양 태연하고도 관대해 보였다. 그저 감기처럼 누구에게나 쉽게 옮는 것이라 생각하는 것 같았다. 그런 일로 울고불고하는 남녀가, 사네 못 사네 하는 부부가 얼마나 많은지 생각해보면 의연하게 대처하는 여자가 어쩌면 성숙해 보였다. 누군가를 사랑한다면…… 그렇다면…… 그 남자의 성병조차 이렇듯 감내해야 하는 것 아닐까?

그들 커플은 엉덩이에 몹시 아픈 근육주사를 맞았고 2달 후 혈액검사로 치유된 것을 확인할 수 있었다. 활짝 웃는 두 남녀가 행복해 보였다.

지금은 이렇게 치료가 잘되지만 1943년 프레밍이 페니실린을 발견하기 이전에는 매독으로 고통받은 사람들이 많았을 뿐 아니라 주요 사망원인으로 작용했다. 돈독한 애정이 돋보이는 신혼부부가 진료실을 나간 후 매독환자가 등장하는 입센의 희곡『유령』을 잠시 떠올렸다. 입센은『인형의 집』의 여주인공 노라 덕분에 우리에게 친숙한 작가이고 '현대연극의 아버지'로 불리며 셰익스피어 이후 최고의 극작가로 평가받는다.

*　　*　　*

무대는 노르웨이 피요르드 연안에 있는 저택이다. 그곳에는 알빙 부인이 살고 있다. 육군 대위였던 알빙 씨는 상당한 유산을 남겨놓은 채 먼저 세상을 떠났다. 부인은 남편의 유지를 기리고자 고아원을 짓고 있다. 그 일을 함께 추진하는 사람은 만데르스 목사이다. 다음날로 예정된 고아원 개원식을 위해 목사가 알빙 부인을 찾아온다.

사실 목사와 알빙 부인은 한때 연인 사이였지만 그녀가 알빙 씨의 재산에 현혹되어 결혼한 이후로는 사무적인 관계를 유지하며 지냈다. 대화를 나누던 중 목사는 은근히 알빙 부인을 나무라는 말을 한다. 그녀가 외아들인 오스왈드를 여섯 살 때 파리로 유학을 보낸 일에 대해 어머니로서의 직무유기라고 비난하는 것이다. 오스왈드는 파리와 로마에서 미술공부를 하였고 지금은 스물여섯 살이 되었는데 아버지의 사망 10주기를 맞아 마침 집에 와 있다. 그는 건강이 좋지 않아 보인다. 그의 관심은 온통 하녀인 레지네에게 쏠려 있다. 알빙 부인은 그 동안 숨겨왔던 속내를 목사에게 말하기 시작한다.

그녀가 결혼을 하고 보니 남편은 몹시 방탕한 호색한이었던 것

1. 매독

11

이다. 결혼 1년 만에 도저히 살 수 없다고 목사에게 달려갔더니 만데르스 목사는 당황하면서 알빙 부인을 설득하여 돌려보낸 일도 있었다. 남편을 개조해서라도 잘 살아야 한다며.

알빙 부인도 노력하면 될 것이라 믿고 시골로 이사를 간 후에 아들을 하나 낳았고 남편에게 술 상대를 해가며 어떡해서든 가정을 지키려고 애를 썼다. 하지만 남편은 하녀에게 추근거리다가 결국 임신을 시키고야 말았다. 그래서 부인은 아들이 나쁜 영향을 받을까 봐 어린 나이에 집을 떠나도록 조치한 것이었다. 그런데 이런 사실을 목사에게 설명하는 동안 아들 오스왈드도 아버지와 똑같이 하녀 레지네에게 추근거리는 장면을 재현하고 있었다.

> **레지네**: 오스왈드 도련님! 안돼요! 놓아주세요!
> **알빙 부인**: 아아!
> **목사**: 어떻게 된 거예요. 대체! 뭐예요. 저건… 부인?
> **알빙 부인**: 유령이에요! 온실의 그 두 사람이…… 또 나타났어요.

알빙 부인은 아들 오스왈드가 아버지와 대면하지 않도록 애를 써봤지만 오스왈드의 행실은 아버지와 다를 바가 하나도 없었다. 그녀는 목사에게 하소연한다.

"유령. 아까도 레지네와 오스왈드가 저쪽에서 뭐라고 말하고 있는 소리를 듣고, 저는 마치 유령이라도 만난 듯한 느낌이 들었어요. 그리고 아무래도 우리는 모두 유령이 아닐까 하는 느낌이 들었어요. 목사님, 우리들 한 사람 한 사람이 말예요. 아버지나 어머니로부터 유전된 것이 귀신에 썬 것처럼 우리에게 씌어있는 겁니다. 그뿐만이 아니에요. 모든 종류의 소멸된 낡은 사상이나 신앙 따위도 우리에게 씌어 있어요."

그런 데다 더욱 놀랄 일은 하녀 레지네가 바로 남편 알빙 씨가 식모를 건드려서 낳은 딸이었던 것이다. 그러니까 오스왈드와 레지네는 배다른 남매지간인 셈이다. 불행은 그 뿐만이 아니다. 며칠 전에 집으로 돌아온 오스왈드는 여행으로 녹초가 되었다고 말하지만 어딘가 몹시 아픈 기색이었다.

오스왈드: 어머니, 저는 병을 앓고 있는 게 아니에요. 보통 질병과는 다릅니다. 깨진 것은…… 파괴된 것은 정신이에요.…… 두 번 다시 그림을 그릴 수 없게 되었어요.

양손으로 얼굴을 가리고, 어머니의 무릎 위에 머리를 얹고 세차게 흐느껴 울면서 오스왈드가 말을 잇는다.

오스왈드: 두 번 다시 그림을 그릴 수 없다구요! 두 번 다시…… 두

1. 매독

13

번 다시! 살아 있는 시체나 마찬가지예요! 어머니, 그 무서움이 어떤 것인지 상상할 수 있겠어요?

그는 자신의 증상을 설명한다.

"머리가 찌르는 것같이 아팠어요.…… 주로 뒤통수의 이 근처였습니다. 마치 이 목과 머리에 걸쳐서 쇠고리가 끼워지고, 그것이 죄어대는 것 같았어요."

"새로운 대작을 그리는 일에 착수할 작정이었는데, 힘이 빠져버린 듯하고 마비된 상태여서, 선을 하나 그으려 해도 집중력이 없어 안 돼요. 현기증이 나고 주위가 빙글빙글 돌기 시작하는 것 같았어요."

통증에 시달리던 그가 파리의 저명한 의사를 찾아갔을 때 이런 말을 듣고야 말았다.

"당신은 태어나면서부터 벌레(베르뮈뤼)에 먹힌 곳이 있군요."

프랑스어로 '베르뮈뤼(vermoulu)'라고 하는 것은 매독을 뜻한다. 그러니까 오스왈드는 선천성 매독에 걸린 것이었다. 프랑스 의사는 "어버이의 죄는 아들이 속죄하게 된다."라는 말을 들려주었단다.

평소 알빙 부인은 아버지가 훌륭한 사람인 것처럼 아들에게 편지를 쓰고 아버지의 업적이 실린 신문 기사를 오려 보내곤 해서 알빙 씨의 문란한 면을 아들에게 감쪽같이 숨겼건만 병마는 유령처럼 아들을 잠식했던 것이다. 오스왈드의 신체적, 정신적 고통은 극심했다. 파리에서 한차례 발작을 일으켰을 때 또다시 발작이 찾아오면 가망이 없을 것이란 진단을 받은 적도 있다. 그는 품안에 모르핀을 소지하고 다녔는데, 오늘은 어머니에게 차라리 그 모르핀으로 안락사를 시켜 달라고 애원한다.

그날 밤 개원식을 하루 앞둔 고아원에 화재가 발생해 송두리째 타버린다. 그리고 비로소 출생의 비밀을 알게 된 하녀 레니제가 결연히 떠나버린다. 무대에는 자식의 질병 앞에서 무기력하게 통탄하는 알빙 부인과 태양빛을 갈구하는 아들 오스왈드만 남고 막이 내린다.

*   *   *

매독이란 성접촉이나 태반을 통해 전파되는 대표적인 성병으로 트레포네마 팔리둠(*Treponema pallidum*)이란 세균에 의해 감염된다. 콜럼부스가 신대륙에서 얻어 온 것이 전 유럽에 퍼졌다는 설이 있으나 확실하지는 않다. 페니실린이란 획기적인 항생제가 발명되기 전까지 상당한 희생자가 생겼다. 매독의 증상은 제1기에는 성기에 궤양이 생기지만 점차 진행되면서 피부 발진이 돋고 신경계를 침범하여 발작이나 망상, 정신착란까지 보인다. 과거에는 매독인

1. 매독

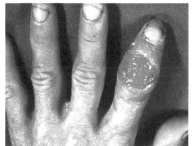
매독에 걸린 손가락

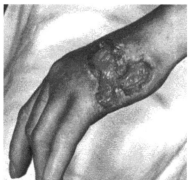
매독에 걸린 손등

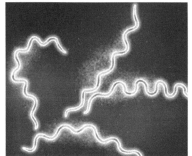
매독의 원인균 트레포네마 팔리둠

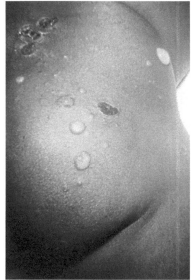
매독의 수포와 발진

줄 모른 채 정신병원에 수용된 환자들이 많았다고 한다.

1943년 페니실린으로 본격적인 치료를 하기 전까지는 살바르산이 치료제로 사용되었다. '세상을 구원하는 비소'란 뜻을 가진 살바르산은 1909년 에를리히가 화학요법으로 발명했는데 그보다 더 이전에는 수은으로 매독을 치료하느라 부작용이 워낙 심하여 매독 환자들은 질병과 치료제로 인한 이중의 고통을 받았던 것이다.

매독에 대한 자료를 찾다 보니 세계적으로 저명한 인사들의 이름이 눈에 뜨였다. 콜럼버스, 베토벤, 슈베르트, 보들레르, 링컨, 플로베르, 모파상, 고흐, 마네, 고갱, 니체, 히틀러 등등이 매독 감염자라니……

그런데 참 이상하다. 의사들은 법적으로 환자에 대한 비밀을 지켜주게 되어있는데 어떻게 저들이 매독환자인 것이 알려졌을까? 다른 질병이라면 몰라도 매독과 같은 성병은 개인의 프라이버시와 직결되어 있으므로 본인이 떠벌리지 않은 바에야 아무도 몰라야 하지 않을까?

치료가 전무했던 당시에는 매독의 증상이 확연히 드러났기 때문에 병명을 숨길 수 없었는지도 모르겠다.

이 작품 『유령』이 발표된 때가 1881년이므로 이 시기엔 매독의 치료제가 없었을 것이다. 그러므로 등장인물 중 환자 오스왈드와 그를 지켜봐야 하는 어머니 알빙 부인의 고통이 얼마나 컸을지 가늠

1. 매독

17

하다 보니 작품을 읽는 내내 그 우울함이 덮쳐 와 쉽게 가시질 않는다.

그런데 여기서 오스왈드가 과연 신경매독에 걸린 것인지 아닌지는 의문이다.

작가는 나쁜 형질의 유전자가 마치 유령처럼 전승된다는 것을 알려주려고 이 작품을 썼을 것이다. DNA의 비밀이 밝혀지기 70년이나 앞서 나온 작품이니만큼 입센이 매우 뛰어난 혜안을 가졌단 것을 드러내준다.

처음엔 오스왈드가 선천성 매독이라면 알빙 부인도 매독에 걸려 있어야 하지 않을까 하는 점에서 의구심이 생겼다. 아들에게 매독을 전파하려면 본인도 반드시 그 병에 걸렸어야만 할 테니까. 하지만 작품 속에 그 점이 드러나지 않는 것으로 미루어 아마도 그녀는 매독에 걸렸지만 잠복기중이어서 태아에게 전달하고 본인은 저절로 나은 것으로 설명이 가능했다. 매독이란 이렇게 자신도 모르는 사이에 자식에게 전달하게 되다니 더욱 끔찍한 병으로 느껴진다.

헨리크 입센 (Henrik Ibsen)

입센은 1828년 3월 20일, 노르웨이의 항구도시 시엔(Shien)에서 부유한 상인의 차남으로 태어났다. 7세 때 아버지가 파산하는 바람에 15세부터는 약국에서 견습생으로 일하면서 신문에 시를 기고하곤 했다. 의과대학 입학시험 준비를 하다가 22세에 처녀 희곡 『카탈리나』를 발표했다. 대학 낙방한 후 '노르웨이 극장'의 전속작가로 초빙되어 본격적인 작가의 길로 접어들었다. 30세에 목사 딸인 수잔나 트레센과 결혼하고 『헤르게트란의 전사』를 발표하였다. 36세에 로마로 떠나 27년간의 긴 유랑 생활 동안 『인형의 집』『페르귄트』『들오리』『민중의 적』 등을 써서 근대극의 선구자로 명성을 얻었다. 1891년 고국으로 돌아와 78세가 되던 1906년에 동맥경화증으로 세상을 떠났다. 노르웨이 정부는 국장의 예로 작가의 공로를 기렸다. 그 밖에도 입센의 대표작으로는 『바다에서 온 부인』『헤다 가블레르』『건축사 솔네스』『욘 가브리엘 보르크만』 등이 있다.

1. 매독

2. 상상임신

당신을 붙들고 싶어요
— 아이작 싱어 『적들, 어느 사랑 이야기』

온종일 진료실에서 만난 환자들을 살펴보면 임신 때문에 고민하는 여성들이 태반이다. 참 아이러니하게도 아이를 갖고자 간절히 원하는데도 생기지 않아 속상한 사람과, 전혀 원치 않는데 사고처럼 임신이 되어 울고불고 하는 이가 딱 반반이다. 지금은 약국에서 진단기를 사다가 소변검사를 해보면 즉석에서 임신과 비임신 여부를 알 수 있지만 30년 전쯤 만해도 이를 알기가 쉽지 않았다. 달거리가 끊어진 것 외에 자꾸 신 것이 먹고 싶다든가 헛구역질을 하고 잠이 쏟아진다는 증상 등으로 임신을 짐작하곤 했다. 누군가 태몽을 꾸어줘서 비로소 임신을 알게 되는 이도 있었다.

오늘날엔 병원에서 초음파만 봐도 아주 초기부터 임신낭을 확인할 수 있으므로 임신진단이 조금도 어려운 일이 아니건만 아직도 상상임신 환자가 더러 있다. 자신은 임신이 틀림없다며 입덧도 하고 여러 달째 생리가 끊겼지만 실제로는 결코 임신이 아닌 경우가 있는데 바로 이 작품 속에 그런 예가 나온다.

*　*　*

나치가 폴란드를 침략하자 허먼 브로더는 건초더미 속으로 숨었다. 하녀 야드비가가 건초다락방으로 음식을 가져다주고 배설물을 치우며 3년간 그를 보살펴주었다. 그의 가족들은 유대인 대학살 때 모두 잡혀갔다. 누군가는 허먼의 아내와 아이들의 총살을 목격했다고 증언했다.

허먼은 하녀 야드비가와 함께 폴란드를 탈출한다. 독일 난민수용소를 거쳐 미국에 도착해 정식 결혼을 한다. 야드비가는 글을 읽지 못하고 더구나 영어는 모른다. 결혼 후에도 여전히 하녀처럼 굴기만 한다. 허먼은 그녀가 임신하지 않도록 조심을 한다. 어린애를 엄마 품에서 떼어놓고 총살하는 이런 세상에서는 아이를 낳을 권리마저 가질 수 없는 노릇이라 생각하는 것이다.

그는 브루클린에 아파트를 얻고 랍비를 도와주며 근근이 살아간다. 남의 이름으로 원고를 쓰고 강연 초안을 작성하는 일 따위

이다. 더러는 아내에게 딴 도시로 책을 팔러 간다며 집을 비우는 날
들이 있다. 그런 밤은 브롱크스에 있는 마샤와 함께 지낸다. 마샤는
호리호리하고 눈이 아찔해질 정도로 흰 살결을 가진 미녀이다.

마샤도 폴란드 유대인 수용소를 탈출한 여인으로 독일에서 허먼
을 처음 만났고 미국에서 재회한 것이다. 그녀의 남편은 직업이 교
수라지만 밀수입과 도박을 일삼는 사기꾼이다. 그 남편이 돈 많은
미망인을 따라 가출하여 마샤는 어머니와 단둘이 지내고 있다. 마
샤와 허먼은 처음 만난 순간부터 사랑하게 되었다. 독일에 있을 때
어느 집시 점쟁이는 그들이 다시 만날 것과 그 사랑이 고민과 고통
을 줄 것이라 예언했었다.

마샤가 저녁을 차려준다.

"이젠 육류 요리는 안 하기로 약속했잖아."

"그래요. 하지만 고기 없이는 아무 요리도 할 수 없거든요. 하느
님도 고기를 먹잖아요. 인간의 고기를. 채식주의자 같은 건 없어요.
나하고 똑같은 광경을 당신도 보았더라면 하느님이 살인을 허가하
고 있다는 걸 알 수 있을 거예요."

허먼은 마샤 모녀가 어떻게 히틀러의 지옥을 탈출했는지 상상조
차 할 수 없다. 마샤의 어머니는 수용소에서 건강이 많이 상했다.
딸과 늘 티격태격한다.

"정말 어서어서 죽고만 싶구나. 죽음의 맛을 안 사람은 이 세상에

대해 아무 미련이 없는 법이다."

"미쳤어요. 엄마는 미쳤어요. 폴란드에서 엄마를 모시고 나올 때의 일을 수기로 쓴다면 잉크가 한 병이나 있어야 해요. 지금까지 엄마처럼 나를 괴롭힌 사람은 없었어요."

마샤와 어머니는 수용소에서 엄청난 일들을 겪고 난 후 육체와 마찬가지로 정신도 여러 번 되풀이해서 얻어맞으면 이내 고통을 느끼지 못하게 된다는 것을 깨달았다. 사람들은 시간의 흐름에 따라 과거가 잊힌다고 말하지만, 그들 모녀는 정반대이다. 대학살로부터 멀어질수록 그 기억은 선명해진다. 마샤의 어머니는 허먼을 좋아해서 딸이 빨리 사기꾼과 이혼하고 허먼과 재혼하게 되기를 기도하고 있다.

마샤와 허먼이 함께 보내는 밤은 새벽까지 계속되는 하나의 의식이다. 허먼의 철학이나 종교관은 언제나 성에 기초를 두고 있다.

"먼저 육욕이 있었다. 인간뿐만 아니라 하느님에게도 원칙은 우선 욕망이었다." 그것이 그의 신념이다.

하루는 허먼이 신문을 읽다가 '사람 찾는 난'에서 자신의 이름을 발견한다. 죽은 아내 타마라의 큰아버지가 그를 찾는 중이다. 전화를 해보니 뜻밖의 소식을 전해준다.

"타마라가 살아있네."

"그럼 아이들은요?"

"아이들은 죽었어."

"어떻게 된 겁니까? 그녀가 사살당한 것을 본 사람이 있습니다."

타마라는 총에 맞았지만 구사일생으로 살아서 뒤늦게 미국으로 남편을 찾아온 것이다.

부유한 랍비 집안에서 태어난 허먼은 바르샤바 대학에서 철학을 공부했다. 학창시절에 양친의 반대를 무릅쓰고 타마라와 결혼을 했다. 그녀는 열광적인 공산주의자였다. 아들과 딸이 태어났지만 공산주의에 몰두한 아내와 갈등이 빚어지자 사실은 이혼하고 싶었던 상태였다. 그런 아내 타마라가 황천으로부터 되살아왔다니.

허먼이 타마라를 만난다. 그녀의 옆구리에는 아직도 총알이 하나 박혀있어 곧 수술 예정이라고 한다. 타마라도 하녀였던 야드비가의 존재를 알고 있다. 허먼이 그녀와 결혼한 사실에 놀라며 분개한다. 자신과 이혼하겠느냐고 묻는다.

"아니야 타마라. 나는 이혼하고 싶지 않아. 당신에 대한 내 감정은 떨쳐 버릴 수 없어."

허먼은 애인 마샤가 있다는 사실도 말해준다.

"마샤 없이는 살 수 없어."

"맙소사 당신한테서 그런 소릴 듣다니! 그녀가 예뻐요? 똑똑해요? 매혹적이에요?"

"그 모두야."

'나는 셋 모두를 거느리고 싶다. 수치스럽지만 진실이다.' 그는 혼자 중얼거린다.

와중에 마샤가 허먼에게 임신 소식을 들려준다. 그녀는 아이를 낳고 허먼과 결혼하겠다고 말한다.

"나는 야드비가와 이혼할 수 없어."

"할 수 없다고! 영국왕은 사랑하는 여자와 결혼하려고 왕관도 버렸다는데 당신은 얼간이 같은 시골뜨기를 떼어버리지 못한다고요?"

"당신도 알다시피 이혼은 야드비가를 죽이는 일이야."

"당신을 만난 이후 나는 줄곧 당신 아이를 갖고 싶었어요." 마샤는 진정으로 아이를 갈망했다.

그런데 마샤의 사기꾼 남편이 허먼을 찾아와 마샤가 정숙하지 못하다며 아이 아버지도 허먼이 아닐 거라고 말한다. 그 말을 믿은 허먼은 마샤의 전화도 받지 않고 그녀를 멀리하기 시작한다.

"음탕한 년, 너를 만나게 된 걸 저주해! 이 매춘부야."

허먼에게 욕설을 듣자 마샤는 몸부림치며 흐느낀다.

한편 야드비가도 임신 소식을 전한다. 그녀의 임신은 새로운 재앙이다. 허먼은 '열 명의 적도 그 스스로 자신을 해치는 것만큼 해칠 수 없다'는 유대 속담이 생각난다.

마샤를 잊으려 애쓰던 어느 날 그녀의 어머니가 다급하게 전화로

2. 상상임신

25

허먼을 찾는다.

"마샤가…… 아파……" 노파는 흐느낀다.

"빨리 와 주게…… 제발!"

황급하게 나서는 허먼의 뒤통수에 야드비가의 욕이 닿는다.

"날 임신시켜 놓고 당신은 매춘부들이나 따라다니는군요. 당신은 책을 팔지도 않지요. 거짓말쟁이. 당신은 개예요."

야드비가의 말을 뒤로한 채 허먼이 황급히 마샤의 아파트로 달려가자 작달막한 젊은 의사가 설명을 해준다.

"부인은 임신이 아니었습니다. 부인이 임신했다고 누가 얘기해 주었습니까?"

"그녀가 그랬습니다."

"그 임신은 모두 그녀의 머릿속에서 나온 것입니다."

"알 수 없군요. 전혀 알 수 없어요. 확실히 배가 불렀거든요. 태동도 있었는데."

"모두 신경성이죠."

"그 앤 6개월, 길면 7개월째라 생각하며 살았다우. 그런데 갑자기 경련을 일으키고 하혈을 하면서 비명을 지르기 시작했다우." 마샤의 어머니도 옆에서 거든다.

"그게 다 모두 여기에서 일어난 겁니다." 의사는 이마를 가리킨다.

허먼은 자신에 대한 수치심만큼이나 마샤에 대한 사랑을 느낀다.

'내가 무슨 일을 할 수 있을까? 내가 그녀에게 겪게 한 모든 고통을 어떻게 보상할 수 있을 것인가?'

허먼이 허탈하게 집으로 돌아왔을 때 누군가 찾아온다. 타마라였다.

야드비가는 죽은 줄로만 알고 있던 타마라를 보자 귀신이 왔다고 난리를 친다.

"그녀는 살아 있어! 살았다구! 진정해, 이 바보 촌뜨기야." 허먼이 진정을 시킨다.

야드비가는 응당 타마라에게 허먼의 부인자리를 내주려고 한다.

"그녀가 먼저였어요. 난 가겠어요. 폴란드로 갈래요. 당신 아이만 갖지 않았더라도."

"야드비가, 그렇게 울지 말아요. 난 당신 남편을 빼앗으려고 온 게 아니에요. 그저 당신들이 어떻게 사는지 보고 싶었을 뿐이에요." 타마라가 말한다.

"난 배운 것 없는 무식한 시골뜨기지만 양심은 있어요. 당신 남편이고 당신 집이에요. 당신은 고생할 만큼 했어요."

"아무 말 말아요. 난 그이가 필요 없어요. 당신이 떠난다 해도 저이와 살지는 않을 테니까요."

"내가 밥 짓고 청소하겠어요. 다시 하녀가 될게요. 그게 하느님이 원하시는 거예요."

"가지 마. 타마라. 야드비가가 알게 되었으니 우리 모두 사이좋게 지낼 수 있을 거야." 히먼도 타마라를 붙잡으려 한다.

실랑이가 커지자 주변 사람들이 몰려오고 어느덧 히먼의 행실이 들통이 난다. 타마라, 야드비가, 마샤까지도 모두 히먼의 아내란 사실이 밝혀진다. 히먼은 중혼죄로 잡혀갈 걸 대비해야 한다.

타마라는 큰아버지의 책 가게를 물려받고 히먼과 함께 운영하고자 한다.

"당신 같은 사람은 자신을 위한 결심이 불가능해요." 그녀는 히먼의 매니저 노릇만 하겠으니 야드비가와 결혼을 유지하라고 말한다. 실제로 히먼과 타마라와의 사이는 무덤덤하다.

한편 마샤와 그녀의 어머니는 요양원으로 떠난다. 소식이 감감하더니 몇 달 후 느닷없이 히먼에게 캘리포니아로 도망가자는 전화가 온다. 야드비가가 아이를 낳을 때까지만 기다렸다가 가자고 해도 마샤는 당장 나오라고 보챈다. 히먼은 짐을 싸들고 마샤에게로 간다. 야드비가는 그가 나갈 때 자는 척한다.

'그녀는 나의 적이다. 적이고 말고!'

그런 생각을 하면서도 히먼은 마샤에 대한 갈증을 느낀다.

마샤와 떠나겠단 계획을 타마라에게도 말한다.

"타마라, 나는 더 이상 내 마음대로만 할 수가 없어."

"그럼요, 당신은 지금 스스로 자신의 무덤을 파고 있어요. 마샤는 당신보다 더 나빠요. 출산 직전의 여자에게서 남자를 빼앗아 가다니, 그런 짓을 하다니 정말 나쁜 년이야."

마샤는 짐을 싸려고 아파트에 갔다가 세간을 몽땅 도둑맞은 걸 알게 된다. 통곡을 하는 동안 요양원에 있던 어머니가 택시를 타고 뒤따라온다. 그 노파의 모습은 초주검이었다.

"의사를 불러요! 의사요! 어머니가 죽어가요. 나에 대한 앙갚음으로 어머니가 죽으려 해요." 마샤는 도둑을 맞았다고 울어대며 허먼에게 외친다.

"이게 바로 당신이 원한 거야! 적이야! 피투성이의 적이라고!"

그녀의 어머니는 이내 숨을 거둔다.

"어머니의 장례식이 끝날 때까지만 기다리도록 해요." 마샤가 허먼에게 부탁한다.

"난 지금 떠나겠어."

"허먼, 난 어머니를 버리고 갈 수 없어요."

"마샤, 난 가야 해. 나는 모두에게서 떠나겠어."

허먼은 그렇게 사라진다.

장례를 마친 후 마샤는 어머니 곁에 묻어 달라는 유언을 남긴 채 자살한다.

야드비가는 딸을 낳는다. 큰아버지 재산을 물려받은 타마라가 야드비가와 그 딸을 돌본다. 타마라는 여러 차례 신문에 허먼의 이름을 올려 찾았으나 소식이 없다. 죽었든가 폴란드 다락방 생활을 하든가 미국 어딘가에서 삶의 재탕을 하겠거니 추측하며 타마라는 이렇게 말한다. "다음 세상에서라도 허먼과 결혼하겠어요."

*   *   *

   일부다처제도 아닌 미국 땅에 살면서 세 명의 아내가 있는 허먼은 대단히 매력적인 남자였나보다. 생명을 구해준 의리 때문에 결혼한 하녀 야드비가, 진심으로 사랑하는 매력적인 여인 마샤, 죽은 줄로 알고 있었지만 눈앞에 나타난 법적 부인 타마라. 그녀들의 각각 다른 기능이 필요하다지만 허먼 같은 남자가 열 여자인들 마다했을지? 하지만 나치 지배하의 3년간을 건초더미 속에서 견뎌온 그가 "저와 같은 꼴을 당하면 누구나 살아 있는 기분이 나지 않을 겁니다."라고 하는 말을 들으면 제아무리 우유부단한 모습을 보여도 미워할 수가 없다. 그는 세 여자를 거느리면서도 그녀들에게 각각 적(enemy)이라 표현했는데 사랑이란 원래 전쟁이 아니었을까?
   허먼의 애인 마샤는 임신 6개월인 줄 알고 있었으나 의사는 '상상임신(pseudocyesis)'이라 진단했다. 허먼의 아이를 낳고 싶은 열망이 그녀를 그렇게 만든 것이다.

나도 산부인과 의사경력 30년 동안 상상임신 환자들을 간혹 만났다. 대학병원 수련의 때 본 환자는 임신 5개월째라며 부른 배를 내밀었는데 그 속엔 순전히 지방과 가스와 대변만 가득 찬 사례였다. 그 밖에도 한사코 임신이라고 우기며, 임신이 아니라고 진단 내리면 화를 내고 가는 환자들도 있었다. 생리불순을 겪는 여성들이 임신이라고 착각하는 일은 흔하다.

상상임신에 대한 기록은 고대 적부터 있었고 히포크라테스는 12건의 사례를 보고했다. 입덧할 정도로 증상은 진짜 임신과 똑 같아 외형으로는 감별이 어렵다. 그 원인은 임신을 하고픈 강한 열망이나, 또는 정반대로 임신에 대한 큰 공포가 내분비계를 변화시킨 것으로 본다. 미국 통계로는 약 22,000 산모 중 한 명 정도가 상상임신이라지만 최근 개정판 산부인과 교과서에는 아예 그 병명이 삭제되어버렸다. 초음파 기계의 보급으로 임신여부를 초기에 쉽게 알게된 덕일 것이다. 결국 '상상임신'이란, 의학보다는 대중문화에서 받아들여지는 질병이 된 셈이다. 에드워드 올비의 『누가 버지니아 울프를 두려워하랴?』에서도 상상임신이 소재로 쓰였다.

아이작 싱어(Issac Bashevis Singer)

대표적인 유대 작가로서 1904년 폴란드에서 태어났다. 아버지와 외삼촌 그리고 외할아버지가 모두 유대교 랍비였다. 유대교 신비주의 즉 하시디즘(Hasidism)이 그의 문학세계의 근간을 이룬다. 33세에 파시즘에 쫓겨 미국으로 이주한 후에도 그는 유대어인 이디시(Yiddish)어로만 작품을 썼다. 젊은이들이 돌아보지 않아 곧 사라질 언어이기 때문에 보존해야 한다는 것이 그의 지론이다. 1978년에 노벨문학상을 받았을 때 "폴란드계 유대인의 문화적 전통으로 인류의 보편적 상황을 이야기한다."고 평가받았다. 특이한 점으로 싱어는 죽기 전까지 35년간 채식주의자로 살았다. "고기를 먹는 건 모든 이상과 종교를 부정하는 행위"라면서 "무고한 생명을 죽여 먹으면서 어떻게 정의를 논하겠는가?"라고 반문했다. 혹시 건강을 위해 채식만 하느냐고 물으면 "닭의 건강을 위해 내가 먹지 않는 것일 뿐"이라는 답변을 했던 그는 1991년 뇌졸중으로 사망했다.

3. 풍진

연쇄 살인의 단초
— 애거사 크리스티 『깨어진 거울』

책상 위로 뚝뚝 떨어지는 그녀의 눈물 앞에 나는 숨고만 싶다. 딱히 날 원망하지는 않지만 정말 내게 책임은 없을까? 피임을 잘 시켰어야 했는데…….

그녀가 우리 병원에 처음 온 것은 두 달 전이다. 결혼을 앞둔 신부들이 산부인과에 들러 혼전검사를 받는 것이 그리 오래된 관행은 아니지만 언제부터인가 현명한 여성들은 누가 권하지 않아도 미리미리 진찰을 받아 두곤 한다.

그녀도 결혼 직전에 병원을 찾아왔다. 출산을 하염없이 미루는 요즘 젊은이들과는 달리 그녀는 빨리 아이를 갖겠다고 해서 임신에 필요한 혈액검사를 챙겼다. 결과를 보니 풍진 항체가 없었다. 풍진

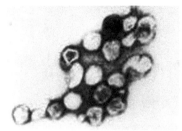

풍진을 일으키는 바이러스의 전자 현
미경 모습

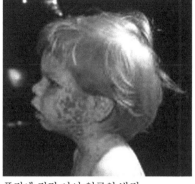

풍진에 걸린 아이 얼굴의 발진

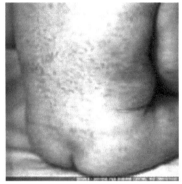

풍진이 일으키는 전신의 발진

이란 감기처럼 열이 나고 기침을 하는 전염병이다. 감기와 구별되
는 점은 임파절이 붓는 것과 전신에 생기는 발진인데 연분홍색 발
진은 삼일 만에 없어진다.

　루벨라(Rubella)라고 부르는 풍진은 유아기 때 MMR(홍역 · 볼거
리 · 풍진) 주사로 예방접종을 받지만 여성의 경우 사춘기 이후에 추
가접종이 필요하다. 임산부가 임신 첫 3개월 안에 풍진에 걸리면

신생아에게 심각한 선천성 기형을 초래하기 때문이다. 즉 백내장이나 심장기형, 귀머거리, 심한 지능박약을 동반할 수가 있다.

그래서 그녀에게 풍진 예방접종을 했는데 문제는 너무 빨리 임신이 된 데에 있었다. 주사를 맞으면 적어도 3개월 이내에 아이를 가지면 안 된다고 단단히 일러주었건만 그만 피임에 실패하고 만 것이었다. 원하던 임신이었는데도 예방주사 때문에 기형의 위험이 있어 낳으란 말을 할 수가 없었다. 좋은 결과를 위해 놔준 주사가 오히려 해를 끼치게 되었으니 자꾸 미안한 생각이 들었다.

모두가 의사 말을 잘 따르지 못한 자신의 탓이라며 그녀는 눈물을 거두고 돌아갔지만, 차라리 예방접종을 하지 말걸 하는 자책감에 싸인 나는 한 편의 영화를 떠올렸다. 바로 풍진이 소재가 되었던 영화 〈깨어진 거울〉이다. 얼마 전에 작고한 엘리자베스 테일러의 배역이 참 잘 어울렸던 기억이 난다. 원작은 애거사 크리스티가 쓴 추리소설이다.

* * *

미궁에 빠진 살인 사건을 여러 차례 해결했던 미스 제인 마플도 이젠 90살이 다 되었다. 혼자서는 운신도 어려워 가정부의 도움을 받으며 뜨개질로 소일하고 있다. 그녀가 사는 영국의 세인트 메리

미드 동네는 개발이 되기 시작하면서 많은 변화가 생겼다. 그러던 중 인근 저택으로 유명한 영화배우가 이사 온다는 소식이 들려온다. 마리나 그레나라는 여배우는 네 번의 결혼이란 화려한 경력이 말해주듯 아름답고 인기가 많은 여인이다. 그녀는 지난 몇 년간 몸이 매우 아팠지만 어려움을 극복하고 오랜만에 재기를 한다고 했다. 마리나의 건강이 좋지 않았던 이유는 심적인 고통이 컸기 때문이었다. 그녀는 원래 아이들을 좋아해서 낳으려고 애썼지만 좀처럼 생기지가 않았다. 그래서 세 아이를 입양하였는데 뜻밖에도 임신이 되어 무척 기뻐했다. 하지만 아이가 장애를 갖고 태어나는 바람에 절망의 나날을 보내야 했다는 것이다. 그런 불행한 가족사를 드러내지 않은 채 연기에 몰입하는 마리나는 더욱 배우답고 아름다워 보인다.

그런데 그녀의 저택에서 파티가 열리던 날 살인 사건이 발생한다. 파티는 특별히 야전병원 후원으로 이루어졌으므로 그쪽 관계자들도 참석했는데 간사 일을 맡은 젊은 여인 헤더 배드콕이 음료수를 마시자마자 즉사한 것이다. 부검 결과 음료수에는 신경안정제 칼모가 치사량 섞여 있음이 밝혀진다. 죽은 헤더는 평소 마리나의 열혈 팬으로 오래 전에 마리나가 버뮤다에서 야전병원을 후원하는 큰 쇼를 했을 때에 관람한 적도 있었다. 당시 헤더는 열이 나서 의사가 나가지 말라고 지시했는데도 불구하고 침대에서 일어나 화장을 잔뜩 하고 쇼를 본 후 마리나에게 사인도 받고 또 3분간 대화를 나누었다는 것이다. 헤더는 이 이야기를 떠벌리며 다니기를 좋아했다.

그러나 죽은 헤더는 누구에게 원한을 사거나 살인을 당할 만한 이유는 딱히 없어 보인다. 그녀와 친한 이웃이 미스 마플에게 그녀를 이렇게 설명한다.

"그녀는 아주 친절하고 언제나 다른 사람들을 위해 일했어요. 또 언제나 최선을 다한다고 확신했죠. 단지 다른 사람들의 생각에는 신경 쓰지 않았어요. 나도 그런 이모가 한 분 있었어요. 캐러웨이 향과 야채의 씨를 듬뿍 넣은 시드 케이크를 너무 좋아해서 다른 사람들에게도 구워서 갖다 주곤 했어요. 상대가 그 케이크를 좋아하는지 알려고 하지도 않았죠. 그 케이크를 역겨워하거나 캐러웨이 향을 싫어하는 사람도 있게 마련인데요. 흠, 헤더 배드콕이 좀 그런 사람이었어요."

미스 마플은 헤더의 그런 성격이 자신도 모르게 위험에 빠질 수 있었을 것이란 생각을 한다. 그러나 누가 왜 헤더를 죽였는지 밝혀낼 수가 없다. 사건 당일 여주인 마리나가 손님들을 대접하고 집안을 소개할 때 방문객들은 모두 함께 어울렸고 그 가운데 죽은 헤더가 있었을 뿐이다. 미스 마플은 함께 있었던 사람들에게 당시의 정황을 들어본다.

그날 헤더는 마리나를 만나 몹시 흥분해하면서 지난날 마리나에게 사인받던 이야기를 되풀이했다는데 그 이야기를 듣던 마리나의 반응이 특이했다고 했다. 현장에 있었던 이웃집 부인이 미스 마플에게 전한 내용은 이러하다.

"헤더가 자기가 아파서 누워 있다가 몰래 빠져나가 마리나를 만나 사인을 받았다는 시시한 이야기를 늘어놓았을 때 마리나는 헤더의 어깨 너머만 노려보았죠. 그때 그녀의 얼굴을 봤어요."

"누구? 헤더요?"

"아니. 마리나의 얼굴. 헤더의 이야기를 하나도 듣지 않은 것처럼 어깨너머의 벽만 노려봤어요. 어떤 표정이었는지 설명할 순 없지만……"

"한번 해 봐요."

"얼어붙은 표정이었어요. 뭔가를 본 것처럼요. 아이, 왜 이렇게 설명하기 힘들지? 저기 레이디 샬롯이 생각나요? 거울이 양쪽으로 깨졌다. '내게 저주가 내렸다'고 레이디 샬롯이 외쳤다. 음, 그녀의 표정이 바로 그랬어요. 요즘 사람들은 테니슨을 무시하지만, 레이디 샬롯은 젊었을 때나 지금이나 여전히 떨리게 하죠."

이웃집 여인은 마리나가 헤더의 이야기를 듣는 동안 지었던 표정을 설명하기 위해 알프레드 테니슨의 시까지 인용한다. 즉 얼어붙은 표정을 지었다는 멋진 표현을 하는 것이다. 미스 마플은 그 대목을 귀담아듣는다.

표면적으로는 아무도 헤더를 죽일 만한 이유는 없어 보인다. 그런데 헤더가 마신 음료수는 원래 마리나의 것이었는데 헤더의 잔이 엎질러지는 바람에 대신 헤더가 마셨다는 사실이 밝혀지면서 이번에는 마리나를 살해하려는 범인을 찾기 시작한다. 런던 경시청에서도 유능한 형사가 배정되어 수사가 진행된다. 그런 와중에 또다시 마리나의 젊은 여비서가 살해당하고, 마리나의 집사도 권총에 맞아 죽고, 마침내 마리나까지 수면제 과다복용으로 영원히 잠들고 마는데…….

다행히 미스 마플은 나이가 들었어도 추리력은 여전하다. 그 노파는 살해당한 헤더가 수다를 늘어놓았을 때 마리나가 지었던 '얼어붙은 표정'에서 실마리를 찾아낸다. 그러니까 인기 여배우 마리나의 일생을 통해 가장 큰 불행은 선천성 기형아를 낳은 일이다. 그 불행이 어디에서 왔을까? 마리나는 헤더의 이야기 속에서 그걸 비로소 알게 되었고 그 때문에 살인을 저지를 만큼 무서운 여인으로 돌변한 것이었다.

즉 14년 전 버뮤다에서 마리나가 공연을 했을 당시 헤더는 풍진에 걸렸던 것이고 의사가 침대 밖으로 절대 나가지 말라고 지시했지만 그를 어기고 외출하여 마리나의 공연을 관람했다. 공연 후 사인을 받으려고 마리나와 접촉했는데 그때 임신 중인 마리나에게 풍진을 옮겨 준 것이었다. 뒤늦게 파티에서 헤더를 만나 지난 이야기를 듣게 된 마리나는 자신에게 불행을 안겨 준 헤더를 용서할 수 없어 급기야는 살인을 저지른 것이다.

이후에 여비서와 집사가 차례로 살해된 것은 음료수에 신경안정제를 섞은 것이 마리나라는 사실을 그들이 알고 나서 마리나 부부를 협박했기 때문이다. 하지만 그들을 죽인 것은 아내를 끔찍이도 사랑하는 마리나 남편의 소행이었다. 그리고 마리나에게 수면제를 먹여 영원히 잠들게 한 것도 결국 남편이었다. 미스 마플은 이들 모두가 죽은 다음에야 진실을 밝혀낸다.

* * *

이런 의학적 지식이 담겨있다는 점 외에도 이 작품의 매력은 바로 제목 '깨어진 거울'이다. 원제는 'The mirror crack'd from side to side'이며 알프레드 테니슨의 시에서 유래한 것이다.

아더 왕의 전설 가운데 샬롯 성의 여인이 나온다. 그녀는 성 밖을 직접 내다본 일이 없다. 오로지 거울을 통해서만 바깥을 보아야 한다. 그렇지 않으면 저주에 걸린다는 것이 그녀의 운명이다. 날마다 탑 속에 갇혀 하염없이 태피스트리를 짜고 있다. 그러던 어느 날 거울에 비친 랜슬롯 경의 수려한 모습을 보게 된다. 그녀는 처음으로 자신의 갇힌 삶을 원망하게 된다. 사랑에 빠진 것이다. 저주 따위는 아랑곳하지 않은 채 그녀는 반사적으로 창밖을 직접 내다본다. 그때 운명의 거울이 깨어지면서 저주가 그녀의 머리 위로 내려온다. 자신이 죽을 운명이라는 것을 깨달은 처녀는 조용히 나룻배에 자신의 이름을 쓴다. 배는 조용히 냇물을 타고 카멜롯 성으로 떠내려갔으며 그녀는 비탄의 노래를 읊는 가운데 숨을 거둔다. 후에 카멜롯 성에 그녀의 시신을 태운 배가 도착하였을 때 그녀를 본 사람들은 모두 공포에 사로잡힌다. 그러나 랜슬롯 경만은 그녀의 아름다운 시신을 바라보며 중얼거린다.

'그녀는 사랑스러운 얼굴을 지녔구나.
신이 그녀에게 우아함을 선물한 듯……
샬롯의 여인이여'

대략 이런 내용이 테니슨의 시 「레이디 샬롯」이다. 샬롯 성의 여인이 랜슬롯을 처음 봤을 때 운명적인 사랑에 빠지고 저주를 두려워하지 않을 만큼 놀라운 표정을 지었다는 것에 착안한 애거사 크리스티가 이 추리소설을 쓴 것이 더욱 인상적이다. 참고로 랜슬롯 경은 아더 왕의 아내 귀네비어를 사랑했기 때문에 레이디 샬롯과는 맺어질 수가 없었던 것이다.

　작품을 읽는 내내 작가의 상상력에 탄복을 했던 나는 선천성 풍진의 불행을 문학으로 절감하게 되었다. 임신을 준비하는 여성들은 선천성 풍진의 위험성을 숙지하고 미리 혈액검사로 몸 안에 풍진 항체가 있는지 없는지 확인해보는 것이 중요하다. 어릴 때 접종받았다 해도 시간이 흐른 뒤에 소멸하는 예가 흔하므로 혈액검사가 필수적이다. 결과에 따라 풍진 항체가 없는 여성은 반드시 예방접종을 받아야 할 것과 접종 후 적어도 3개월간은 완벽한 피임을 해야 한다는 것을 다시 한 번 강조하고 싶다.

애거사 크리스티 (Agatha Christie)

1890년 9월 15일 영국 데본 주 토키에서 태어났다. 정규 학교에는 가지 않고 집에서 교육받았으며 노래와 춤도 배웠다. 일생 80여 편의 작품을 남기고 기네스 북 판매량 부문에서 신기록을 세운 그녀는 추리소설의 여왕이라 불린다. 특히 작품 마다 등장하는 형사 에르퀼 푸아로와 미스 제인 마플이 대중의 사랑을 많이 받았다. 제1차 세계 대전 동안 약국에서 약사로 일한 경험을 토대로 작품 속에 독극물이 자주 등장하는 점도 특징이다. 1971년 대영 제국 훈장 2등급인 DBE 작위를 받아 이름 앞에 Dame을 붙인다. 1976년 1월 12일 85세를 일기로 영면하였다. 대표작으로는 『오리엔트 특급 살인』 『나일 강의 죽음』 『그리고 아무도 없었다』 『ABC 살인 사건』 『잠자는 살인』 등이 있다.

4. 마약중독

멈출 줄 아는 당신이 아름답습니다

— 미하일 불가코프 『모르핀』

휴일을 맞아 아주 특별한 나들이를 했다.

강원랜드. 우리나라 최대의 카지노 단지가 있다는 그곳으로…….

서울에서 늦은 밤에 출발하니 두 시간 반 후에 도착했다. 오래전 대학시절 의료봉사 차 갔었던 사북은 탄광촌의 스산함을 벗고 호화로운 불야성으로 탈바꿈하였다. '전당사' 간판들이 내뿜는 휘황찬란한 불빛을 따라, 그리고 꼬리에 꼬리를 무는 자동차 행렬을 따라가 보니 카지노 건물 앞이었다.

신분증 제시와 함께 입장료 5,000원을 지불하자 도박장 안으로 들여보내 주었다. 시청 앞 광장만 한 큰 홀에는 다양한 종류의 슬롯머신들이 쉬지 않고 기계음을 내뿜는 중이었다. 다른 사람과 옷소

매를 스치지 않고는 걸어 다닐 수 없으리만큼 많은 인파가 몰려 와 있었다. 실로 놀라운 광경이었다. 이렇게 많은 사람들이 도박을 즐기고 있으리라고는 미처 예상하지 못했다. 도박이란 사행심을 조장하는 불건전한 '노름'으로만 생각했는데 이토록 찾는 이가 많다면 생각을 달리 해봐야 할 것 같았다. 나이 불문, 성별 불문 혹은 직업이나 학력과 관계없이 카지노를 통해 위안을 얻는 사람들이 꽤 많은가 보다.

하지만 도박판에 발을 들여놓았다는 사실이 내심 부끄러운 나는 혹여 아는 사람이라도 만날까 봐 자꾸 숨고만 싶었다. 낯선 이의 눈길이 내게 닿는 것도 싫었고 매표원이나 진행 요원 모두 나를 경멸하는 듯이 보여 몸을 잔뜩 움츠리게 되었다. 우리는 얼마나 뿌리 깊게 도박은 나쁜 것이라는 교육을 받아왔던가? 인간은 모쪼록 경건해야 한다든지, 종교나 예술은 고상한 반면 성실하게 땀 흘리지 않고 즐기기만 하는 일들은 하찮고 나쁜 것으로 배워왔다. 그래서 도박은 의당 부끄러운 일로 여겼던 것 아닌가.

그러나 어쩌랴. 이제 도박판에 들어섰으니 나도 한번 해봐야지.

넓은 홀을 몇 차례 돌며 임자 없는 자리를 찾다가 드디어 슬롯머신 하나를 차지하게 되었다. 일정 액수의 금액을 넣고 손잡이를 당기면 그림들이 음악에 맞추어 뱅뱅 돌다가 한순간 멈추었다. 앵두며, 왕관이며, 별이며, 행운의 숫자가 정해진 배열에 맞아떨어지면

팡파르가 요란하게 울리고 배팅한 액수만큼의 돈이 떨어지는 게임이었다.

몇 시간이나 그 단순한 놀이에 몰두했을까? 어느새 새벽이 되었는지 스피커에서 문을 닫는 시간이란 안내멘트가 들려왔다. 아쉬움과 미련을 남긴 채 자리에서 일어나야 했다.

얼마나 많이 잃었는지 물어보지 마라. 대신 무엇을 얻어왔는지 알려주고 싶다.

내가 경험하지 않은 세계라고 해서 무턱대고 비하하거나 깎아내려서는 안 된다는 것. 세상엔 영 쓸모없음은 없을 것이란 것. 그리고 화장실 문마다 붙어 있던 스티커의 문구가 가장 기억에 남는다.

'멈출 줄 아는 당신이 아름답습니다.'

비단 도박만 그러하랴.

제때 멈출 줄 아는 사람이 아름다운 것이…….

불현듯 미하일 불가코프의 중편소설 『모르핀』이 생각났다.

* * *

의사 폴랴코프는 스물다섯 살이다. 대학을 졸업하고 인적 드문 군청 소재지의 병원에 근무 중이다. 그는 오페라 여가수와 결혼했지만 1년 만에 아내가 떠나가 버렸다. 그 때문에 우울한 나날을 보내고 있다.

어느 날 원인 모를 복통이 폴랴코프에게 생긴다. 얼굴이 흙빛이 되도록 복통에 시달리는 것을 보고 딱하게 여긴 간호사 안나가 모르핀을 놔 준다. 오랜만에 단잠을 잘 수 있게 된 폴랴코프는 약병에 남은 모르핀을 스스로 대퇴부에 주사한다. 그러다 하루에 두 차례씩 규칙적으로 모르핀을 투여하기 시작했고 이내 중독되고 만다.

그는 모르핀의 작용을 이렇게 표현한다.

목에 촉감이 느껴지는 첫 번째 순간. 이 촉감은 따뜻해지고 온몸으로 퍼진다. 갑자기 명치끝에 서늘한 파도가 지나가는 두 번째 순간이 찾아온다. 그다음에 생각이 아주 분명해지고 작업 능력이 폭발적으로 증가한다. 모든 불쾌한 감각이 완전히 중지된다. 이것은 인간의 영적 능력이 발현되는 가장 높은 지점이다. 그리고 만약 내가 의학을 체계적으로 배워 타락하지 않았다면 사람은 모르핀 주사를 맞고 난 후에야 정상적으로 일할 수 있다고 말했을 것이다. 실제로 만약 미세한 신경통이 그를 말안장에서 떨어뜨릴 수 있다면, 제기랄! 사람이 대체 무슨 쓸모가 있단 말인가!

그는 모르핀을 찬양한다.

"양귀비에서 최초로 모르핀을 추출한 사람을 칭송하지 않을 수 없다. 그는 인류의 진정한 은인이다. 주사를 맞고 7분이 지나면 통증이 멈춘다. 흥미롭게도 고통이 파도처럼 쉴 새 없이 지나갔다. 그 결과 나는 마치 달군 쇠 지렛대를 배 안에 꽂고 돌리는 것처럼 완전히 숨을 헐떡거렸다. 주사를 맞고 4분 만에, 나는 고통의 파고(波高)를 구별하기 시작했다."

간호사 안나는 사실 폴랴코프의 아내 역할을 하고 있다. 안나는 마약 중독자 남편이 모르핀을 끊을 수 있도록 갖은 애를 써보지만, 금단증상에 시달리는 것 또한 보고만 있을 수 없다. 그녀는 그래서는 안 되는 줄 알면서도 번번이 모르핀을 구해다 주곤 한다.

폴랴코프는 자신의 중독을 알고 있는 주위의 간호사나 병원 직원들의 싸늘한 경멸의 시선을 견디어야 했다. 스스로 자기 비하감에 시달리고 있다.

"내가 왜 남의 눈을 피하고 두려워해야 하는가? 실제로 내 이마에 모르핀 중독자라고 쓰여 있기라도 한가?"

그는 모르핀 대신에 코카인을 사용해보기도 했다.

거즈 위에 유리병과 주사기가 놓여 있다. 나는 그것을 집고 상처투성이의 넓적다리를 요오드 용액으로 막 문지른 다음 주삿바늘을 살갗에 찔러 넣었다. 어떤 고통도 없었다. 오, 완전히 그 반대다. 나는 금방 시작된 다행증(多幸症, Euphoria)을 미리 느낀다. 이제 그것이 시작된다. 그 느낌을 알 수 있다. 왜냐하면 경비가 봄을 반기며 현관 계단에서 연주하는 찢어질 듯 목이 잠긴 아코디언 소리가 유리창을 통해 공허하게 내게 와서는 천사의 음성이 되기 때문이다. (……) 나는 이것이 악마와 내 피가 혼합된 것이라는 사실을 알고 있다.

서툰 아코디언 연주를 천사의 음성으로 느낄 만큼 코카인은 황홀경을 가져다주었다. 그러나 코카인의 효과가 오직 1~2분만 지속됨을 분개하는 폴랴코프는 코카인이란 '가장 추잡하고 간교한 독약'이라면서 모르핀 중독자가 대체 사용하지 말 것을 강조한다. 그는 거의 반송장의 상태가 되곤 했던 것이다.

폴랴코프는 모르핀 중독에 대한 치료를 받고자 모스크바의 정신병원에 입원한 적이 있었다. 그러나 정신과 의사는 연민 가운데에 진한 모멸감을 보이며 그의 치료를 거부했다. 그리고 폴랴코프에게 더는 의사로서 환자를 진료하지 말 것을 당부했다.

"당신은 곧 정신 분열 상태에 접어들게 될 거요."라는 예언과 함께.

그는 2주 만에 정신과 병원을 퇴원하면서 모르핀을 훔쳐서 나온다. 도둑질까지 하다니, 타락한 인간에다 도덕적 인격조차 붕괴되었다는 자괴감에 시달린다. 그것은 1918년 당시에 러시아 대혁명의 총성을 듣고 더는 약국에서 모르핀을 구할 수 없다는 것을 예상한 강구대책이기도 했다. 65.5kg이었던 폴랴코프의 몸무게는 51.5

4. 마약중독

49

kg까지 빠진다. 그의 겉모습은 야위고 밀랍처럼 창백해진다.

굶어 죽는 것은 모르핀 결핍과 비교하면 안락하고 행복한 죽음이다. 모르핀 고통은 아마도 생매장당한 사람이 무덤 속에서 마지막 남은 공기 한 줌을 들이마시며 손톱으로 가슴을 잡아 찢는 것과 같을 것이다. 그것은 예를 들면 이단자가 장작더미에서 신음하고, 시뻘건 불꽃이 처음 그의 발을 핥았을 때 몸을 떠는 것과 같을 것이다.

폴랴코프는 구토와 발작에 시달리다 점차 환각에 빠져 들어간다. 그는 도저히 견딜 수 없어 이웃 마을에 있는 동료 의사에게 왕진을 와 달라는 요청을 한다. 그러나 그 의사가 도착하기도 전에 폴랴코프는 권총 자살로 삶을 마감하고 만다.

＊　＊　＊

일기체 형식으로 쓰인 이 작품은 모르핀중독으로 삶을 포기한 젊은 의사의 아픔을 처절하게 그렸다. 이것은 작가 미하일 불가코프의 실제 체험담이다. 그는 디프테리아에 걸려 기관지 절제술을 받았는데 그때부터 모르핀에 중독되었다고 한다. 그러나 지독한 금단 증상을 극복하고 모르핀에서 벗어났다는 사실이 놀랍다. 작품 속의 주인공은 자살을 선택할 수밖에 없을 만큼 모르핀 중독이 고통스럽다고 썼으면서도 작가 자신은 꿋꿋하게 중독으로부터 해방된 점은 정말 대단하다.

오늘날에는 국가에서 마약을 단속하기 때문에 아편중독 환자를 볼 수는 없지만, 여타의 약물에 중독된 환자들은 상당히 많다.

이따금 TV고발 프로그램에 등장하는 수면마취제는 산부인과에서 자주 사용하는 약물이다. 그런데 환자 중에 더러 이유 없이 마취를 해달라고 조르는 이를 만나게 된다. 예를 들면 간단한 피임기구인 루프를 삽입할 때도, 제거할 때도 마취를 해달라고 요구하는 환자를 만난다. 처음에는 통증을 워낙 못 참아 그러려니 하고 요구에 응해 주었지만 마취약물에 중독이 되어 그런 사람들이 있다는 것을 알게 된 후부턴 조심하고 있다.

그 밖에도 수면제에 중독되어 끊임없이 처방을 받으려는 환자들도 많다. 중독을 담당하는 신체부위는 대뇌의 선조체로서 도파민계 신경이 풍부한 영역이다. 그러므로 중독에서 헤어나는 치료는 주로 정신과에서 담당하고 있다. 나는 이런 말로 이들을 격려하고 싶다.

"멈출 수 있는 당신이 아름답습니다."

미하일 불가코프(Mikhail Bulgakov)

1891년 5월 3일 러시아 끼예프에서 태어났다.

1916년 끼예프 의학부를 졸업하고 우크라이나와 러시아 전역에서 의사생활을 했다. 잠시 성병 전문의로 개업도 했지만 28세에 의사를 포기하고 작가의 길을 택했다. 모스크바 신문사와 잡지사에 글을 실으며 호평을 받았고 또 희곡을 무대에 올려 인기를 얻었다. 그러나 스탈린 체제하에서 그의 모든 작품은 출판금지 되었다. 스탈린에게 망명 요청을 했으나 거절당했으며 1940년 2월 13일 신장 경화증으로 사망했다. 유해는 화장하여 모스크바 노보데비치 수도원 묘지에 묻혔다.

대표작으로는 『백위군』 『젊은 의사의 수기』 『악마의 서사시』 『조야의 아파트』 『거장과 마르가리타』 등이 있다.

5. 뇌막염

부부의 연결 고리를 끊는 아이의 죽음

— 헤르만 헤세 『로스할데』

어느 주말 연속극에서 이런 내용을 본 적이 있다. 사고로 아이를 잃게 되자 부부는 곧장 헤어진다. 남편과 아내는 서로의 얼굴을 바라볼 때마다 죽은 아들의 얼굴이 떠올라 더는 함께 지낼 수 없다고 선언한다. 상실의 슬픔을 부부가 함께 의지하며 극복해야 할 것 같은데 오히려 극단적인 방법을 선택하는 것이다. 자녀란 부부를 단단히 결속시키는 연결고리 역할을 하는 거라던데 요즘은 아이를 낳고도 헤어지는 부부가 왜 이다지도 많은지.

2012년 통계청의 조사에 의하면 우리나라 이혼율은 37%에 이르러 OECD 국가 중 1위를 차지한다. 더욱이 미성년 자녀가 있는데도 이혼한 커플이 59%라고 하니 자식이 더는 이혼에 걸림돌이 아닌 것 같다.

아이의 죽음으로 남남이 되는 부부가 나오는 헤세의 소설 『로스할데』가 있다. 작품 속 꼬미가 앓았던 질병, 뇌막염을 소개하겠다.

*　*　*

로스할데는 저택의 이름이다. 저명한 화가 요한 베라구드가 10년 전에 이사한 곳이다. 그에겐 아내와 두 아들이 있다. 그러나 날마다 그림 그리는 일에만 몰두하다 보니 거의 홀아비와 같은 생활을 한다. 로스할데로 옮겨온 이후, 별채를 지어 화실로 이용하고 안채에 있는 아내와는 식사 때에나 만나는 정도이다. 큰아들 알베르트는 기숙사에 기거하는데 아버지와는 특히 사이가 좋지 않다. 언젠가는 아버지에게 식칼을 들이댄 적도 있다. 마치 적대국의 사신들이 만날 때처럼 서로 체면치레로만 얼굴을 마주 보는 형편이다.

로스할데에서 안채와 별채를 이어주는 역할은 오로지 막내아들 피에르의 몫이다. 일곱 살의 피에르는 부모로부터 똑같이 귀여움을 받는다. 베라구드는 서먹서먹하기만 한 아내와 더는 가정을 꾸려나가고 싶지 않지만, 어린 피에로가 주는 기쁨이 너무 크고 소중하기 때문에 별거할망정 이혼까지는 생각지 않는다.

어느 날 인도에 사는 옛 친구 오토가 베라구드를 찾아온다. 친구의 눈에 비친 로스할데란 저택은 기이하기 짝이 없다. 애정 없는 가정을 꾸려가는 베라구드가 더없이 안쓰러우면서 어린 피에로에게 집착하는 모습이 병적으로 보이는 것이다. 오토는 베라구드에게 함께 인도로 떠나자고 제안한다.

베라구드도 친구의 권유에 마음이 흔들리기 시작한다. 게다가 방학이 되어 큰아들 알베르트가 돌아오자 가정 내의 불협화음이 더욱 불거진다. 큰아들과 아내는 한패가 되어 아버지를 적대시한다. 또 알베르트와 피에르, 형제 사이도 원만하지 않다. 피에르는 새들의 지저귐을 알아듣기도 하고 꽃들에게 상상의 이름을 붙일 줄 아는 천진난만한 아이인 반면, 동생에게 도통 관심이 없는 알베르트는 어머니와 함께 피아노 연주에만 열중할 뿐이다.

어린 피에르는 이따금 별채로 아버지를 찾아가지만 베라구드는 그림에 열정을 빼앗긴 나머지 아이에게는 소홀할 때가 많다. 피에르는 자신보다 그림을 더 좋아하는 아버지가 종종 서운하고 화실에서 나는 물감냄새는 딱 질색이다. 화가의 아들로서 물감냄새가 싫은 건 불행이라 생각하는 베라구드가 피에르에게 화가가 싫으면 무엇이 되고 싶으냐고 물어본다.

"아무것도, 새나 그런 것이 되고 싶은걸."하고 대답한다.

이렇게 귀여운 꼬마 피에르가 갑자기 아프기 시작한다. 형과 함께 마차를 타고 소풍을 다녀온 다음 날부터이다. 피에르의 첫 증세

5. 뇌막염

는 이렇다.

몸은 노곤하고 머리는 띵했다. 어머니 무릎에 쓰러져 울고만 싶었다. 그러나 거만스러운 형이 어머니 곁에 있는 한 그럴 수도 없는 노릇이었다. 형만 보면 자신이 아직 꼬마란 사실을 느낄 뿐이었다.

이마를 찌푸리고 땅바닥을 두리번거리며 발끝으로 자갈을 툭툭 건드리다가 끈적거리는 달팽이를 발로 차서 축축한 풀밭으로 던져버렸다. 아무것도 그와 말을 하려 들지 않았다. 새도, 나비들도 그를 보고 웃으려 하지 않았으며 그를 즐겁게 하려 들지 않았다. 모든 것이 입을 다물었다. 모든 것이 새로워지고, 아름다워지고, 즐거워질 때까지 오래도록 잠들고 싶었다.

아이는 무기력감과 외로움을 느끼며 구석방에 쓰러져 잠든다. 베라구드가 피에르를 발견해 침대에 데려다 눕히고 소풍을 데려간 큰아들에게 원인을 캐보지만 어디가 어떻게 아픈 건지 정확히 알 수가 없다.

한편 베라구드는 친구의 권유대로 떠나기를 결심한다. 화목하지 못한 가정을 유지하기보다는 인도로 떠남으로써 아내와 큰아들에게 자유를 주고자 한다. 어린 피에르도 아내에게 양보하는 것이 마땅하다고 생각한다.

그러면서 로스할데에서 마지막 작품을 완성한다. 괴로움에 가득 찬 양친 사이에서 놀고 있는 어린아이 그림이다. 그림을 설명하자면 이러했다.

"남자와 여자는 같은 대지에 의지하고, 같은 대기에 에워싸이고, 같은 광선을 받으면서 죽음과 차디찬 냉기를 발산하지만, 그 가운데 있는 어린이는 자신에게서 발산되는 광선을 되받듯 행복스럽고 명랑한 모습으로 광채를 발했다."

훗날 베라구드가 진정한 화가로 평가된다면 오로지 이 작품 때문이라고 할 만큼 고통스러운 영혼으로 심혈을 기울인 대작을 완성한 것이다.

베라구드는 아내에게 떠나겠고 통보한다. 다만 피에르만큼은 알베르트처럼 건조한 아이로 키우지 말라는 당부를 한다.

그 동안 피에르의 병세는 조금 좋아진 듯하다가 더욱 악화된다. 두통을 호소하고 구역질을 한다. 아이가 토하기 시작하자 그동안 대수롭지 않게 생각하던 피에르의 어머니는 의사에게 연락할 생각을 한다.

왕진을 온 의사는 위가 몹시 나쁘다는 진단을 내린다. 중독도 아니요, 맹장염도 아니고 고열도 없으나 단지 신경이 매우 날카롭고 예민해져 있으므로 지켜보자고 한다. 기다리는 것과 절식이 가장 좋은 처방이라면서 "아이에게 홍차만 조금씩 마시게 하십시오. 갈증을 느끼거든 보르도 포도주를 한 모금쯤 마시게 해도 좋아요." 라

5. 뇌막염

고 지시한다.

그러나 피에르는 금식만으로는 좋아지지 않는다.

어린 환자는 말할 수 없는 고통으로 몸이 굳어지는 모양이었다. 어떤 질문이나 간청에도 대답 없이 성난 눈으로 앞만 응시하면서 잠을 자려고도 하지 않았다. 물론 놀거나, 무엇을 마시거나, 책을 읽어달라고도 하지 않았다. 의사는 이틀 동안 거푸 왔지만, 자세한 말은 없이 그저 따뜻한 수건으로 배를 감아 주라고 지시를 내렸을 뿐이다. 피에르는 열이 높은 환자가 그러하듯 반은 졸면서 알아들을 수 없는 말을 중얼거리고 의식이 몽롱한 상태에서 꿈꾸듯 헛소리를 했다.

아이가 너무 민감하게 반응하기 때문에 베라구드는 되도록 아이 방에 들어가지 않는다. 알베르트도 피아노를 치지 않는다. 어머니는 아예 피아노를 잠가놓는다.

의사는 종종 아이의 상태를 살피러 오지만 병세가 호전되지 않자 베라구드에게 만나자는 편지를 보낸다. 아이 어머니에게는 차마 위험하다는 말을 하지 못하고 아버지에게 면담을 청하는 것이다.

"제 생각이 틀림없다면 뇌막염입니다."

의사는 베라구드에게 선고를 하듯 진단명을 알려준다. 당시에 뇌막염은 고칠 수가 없다는 걸 알고 있는 베라구드는 절망에 휩싸인다. 그날부터 온종일 피에르 곁에 앉아 지낸다.

　　소년은 언제나 두통으로 시달리고 호흡은 빨랐으며 숨을 쉴 때마다 신음 소리를 냈다. 가끔 비쩍 마른 그 어린 육체가 경련을 일으키거나 활 모양으로 오므라들었다. 귀엽고 정다운 어린애의 얼굴에서 앳된 표정이 점점 사라져 갔다. 거기에 남은 것은 어린애답지 않은 조숙한 얼굴뿐이었다. 그것은 고통과 구역질과 깊디깊은 공포만이 도사리고 있는 단순한 표정을 한 괴로움의 가면이었다.

베라구드는 오래도록 몸을 굽히고 얼어붙는 가슴으로 아이를 지켜본다. 남편의 행동에서 뭔가를 감지한 피에르의 어머니는 의사에게 무슨 말을 들었느냐고 묻는다. 그녀도 아이의 생명이 위태로운 것을 눈치챈 것이다. 그녀는 그동안 오로지 피에르 때문에 부부가 갈라서지 않았음을 잘 알고 있기에 아이를 남편에게 양보하겠다는 생각을 한다.

"피에르가 죽어서는 안 돼요. 그 애의 병이 낫거든 당신이 차지하세요."라고 말한다.

베라구드는 오랫동안 자신이 원했던 아이를, 그리고 아내가 그렇게 오래도록 거부해온 아이를 이제야 양보하는 것이 어이없다. 하지만 아내의 마음이 진심이란 것은 안다.

5. 뇌막염

피에르의 상태는 매우 좋지 않다.

   그는 오래 잠을 자고는 새로운 고통의 파도가 밀려와 그를 깨울 때까지는 눈을 멍청히 뜨고 굳어진 시선으로 누워 있었다. 고통이 시작되면 발버둥을 치고 조그마한 주먹을 불끈 쥐고 눈을 비볐다. 얼굴은 핼쑥해졌다가 뻘겋게 열이 오르곤 했다. 그리고 참을 수 없는 통증으로 발악을 하며 소리를 질러대어 아버지는 듣다못해 결국은 밖으로 나오지 않으면 안 됐다.

베라구드는 자책감에 싸인다. 어린 피에르가 화실에 얼마나 자주 찾아왔던가를 떠올리면서 자신이 그림에만 몰두하거나 근심에 빠져 지치고 무관심한 모습만 보여주었던 것을 뼈저리게 후회한다. 이제는 아무것도 돌이킬 수가 없다. 차라리 아이를 위해서 결말이 빨리 나기를 기도할 지경이다. 어느 날 피에르는 반짝 좋아진다. 아이는 자리에서 일어나 앉아 아빠에게 시를 읽어달라고 조른다.

   약장수, 군더만 씨
   고약으로 나 좀 도와줘요
   오, 꼼짝할 수 없어요
   온몸이 모두 아파요

아빠가 읊어주는 시를 듣고 아이는 다 나은 듯이 명랑해진다. 그 동안 자신이 얼마나 외로웠는지 모른다며 앞으론 식구들이 모두 즐거운 가정을 이루고 살자고 한다. 기적처럼 회생한 피에르의 상태는 순간일 뿐이다.

환자는 단 한 번 비명을 질렀다. 더욱 난폭하게 흐느끼는 비명이었다. 그리고서 활처럼 몸을 굽혔기 때문에 침대가 흔들릴 정도로 몸부림을 치다 다시 잠잠해지며 성난 어린애의 손에 들린 회초리처럼 몸이 오그라드는 그 동작이 또다시 되풀이되었다. 꼬마는 쓰러지며 몸을 뒤척이고 엎드려서 베개를 물어뜯으며 규칙적으로 왼발을 굴렸다. 발을 쳐들었다가 다시 떨어뜨리고, 잠시 그대로 있다가 또다시 같은 동작을 수없이 반복했다.

피에르는 밤새 온몸을 떨다가 간간이 힘없는 비명을 지르며 발작적인 동작을 반복한다. 다리를 쳐들었다가 내려뜨리는 동작을 시계처럼 정확하게 되풀이하는 것이다. 지켜보는 이들은 마지막임을 직감한다. 새벽녘에 이르러 어린 투사는 쇠진하여 적에게 항복하고 만다.

베라구드는 죽어가는 아들의 침대 언저리에서 비록 때늦은 감이 있지만 참된 사랑을 체험했으며 처음으로 자신을 내려놓고, 자아를

5. 뇌막염

극복했다는 것을 느낀다. 그것은 잊지 못할 체험으로, 슬픔 어린 인생의 진정한 보물로 영원히 남아 있을 것으로 믿는다.

이들의 장례식을 마친 후 베라구드는 인도로 가기 위해, 안주인 역시 로스할데를 떠나기 위해 짐을 싼다.

*　*　*

부모의 총애를 한몸에 받았던 일곱 살 꼬마 피에르는 이렇게 세상을 떠났다. 처음 이 작품을 읽었던 고교시절에 꼬마가 어찌나 가엾던지 아이를 아프게 방치한 부모가 몹시 미웠다. 더구나 의사는 몇 차례나 왕진을 왔으면서도 처방이라곤 홍차나 포도주를 먹이라는 따위뿐이라서 그의 무기력함에 화가 나기도 했다. 금방이라도 피에르가 죽게 될까봐 조마조마해서 제대로 책장을 넘기지 못하다가 끝내 병에 희생되는 장면에선 얼마나 눈물을 쏟았는지 모른다. 그 꼬마가 앓았던 병명이 뇌막염인데 원인균에 따라 뇌막염에도 여러 종류가 있다.

즉 세균성 뇌막염과 바이러스성 뇌막염이 나뉘는데 피에르의 경우 그 증상과 진행과정을 살펴보면 결핵성 뇌막염(Tuberculous meningitis)으로 짐작된다. 어른들에게는 폐에서 결핵균이 전파되어 이차적으로 뇌막염으로 진행되지만 소아에게는 원발성 뇌막염

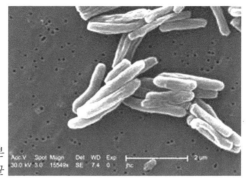

전자현미경으로 본
결핵성 뇌막염의 원인균

이 흔하다. 뇌막염은 말 그대로 뇌를 싸고 있는 계란막처럼 하얀 막에 세균이 침투하는 것이다. 결과적으로 뇌압이 상승하게 되므로 그에 따라 두통과 구토, 발열, 발작적인 반사 반응 등등을 보인다. 피에르가 왼발을 올렸다 내렸다 하는 동작을 반복하는 장면이 바로 뇌막 자극 증상이다.

바이러스성 뇌막염은 증상이 이토록 심하지 않아 사망에 이르는 일이 드물고, 세균성 뇌막염은 경과가 빠르게 진행되는 특징이 있다. 작품 속 피에르의 경우 여름 한 계절이 지날 동안 투병을 했고 중간에 상태가 호전되었다가 악화하는 과정을 보이는 점으로 미루어 결핵성 뇌막염이라 생각된다.

지금은 항생제가 개발되고 다양한 치료법이 있어 뇌막염으로 사망하는 사례는 흔치 않지만 헤르만 헤세가 살았던 시절엔 치사율이 높

5. 뇌막염

을 수밖에 없었으리라. 또한 현재는 결핵에 대한 예방으로 BCG를 필수 접종하고 폐렴구균(Pnemococcus)과, 뇌수막구균(Meningococcus)에 대한 예방주사도 널리 사용되고 있다.

피에르의 엄마, 아빠는 부부사이가 썩 원만하지 않다. 화가인 아버지 베라구드는 예술가적 기질이 그러하듯 고독을 구가하던 사람이다. 교감이 없는 아내와 그나마 가정을 유지하는 건 오로지 막내아들 피에르에 대한 사랑 때문이다. 아이가 없는 삶은 상상할 수 조차 없다. 그러나 어느 날 친구가 찾아와 인생을 꿰뚫어보는 통찰력을 심어주자 모든 집착에서 벗어나 과감히 집을 떠날 결심을 한다. 아내에게 아이를 양보하는 것이 최선이라 생각한다. 그런 때에 아이가 덜컥 병에 걸린다. 뇌막염으로 고통스럽게 세상을 떠나는 아이를 곁에서 바라보는 아버지의 회한이란……

아이의 병구완을 하며 부부는 한때 화해하기도 한다. 하지만 어린 피에르가 세상을 떠나면서 그들 부부는 완전히 해체되는 것이다. 더는 둘 사이의 연결고리는 없다는 걸 안다. 이렇게 아이 때문에 해체되는 가정은 다른 소설에서도 볼 수 있다.

마가렛 미첼의 『바람과 함께 사라지다』에서 어린 딸 보니가 승마를 하다 말에서 떨어져 죽자 스칼렛 오하라와 레트 바틀러가 멀어지던 장면이 기억난다. 또 에벌린 워의 『한 줌의 먼지』에서도 마찬가지로 아들이 낙마로 죽는 사건이 발생하자 이를 기화로 부부가 완전히 갈라선다.

　자식을 먼저 보내는 것을 참척(慘慽)이라고 한다. 그런 슬픔을 겪으면 아무에게라도 분풀이를 하고 싶어질까? 누구보다 가장 가까이 있는 사람을 제일 먼저 파괴하고 싶어지는 것인지도 모른다. 더는 행복할 권리가 없다고 자책하는 심리가 작동할 수도 있다. 하지만 내 주변에 자녀를 잃은 부모가 몇몇 있는데 다행히도 헤어지는 것으로 해결하지는 않았다. 질병 없는 세상, 참척 없는 세상, 이혼 없는 세상…….

　그런 세상을 막연히 꿈꿔 본다.

헤르만 헤세(Hermann Hesse)

1877년 7월 2일 독일 남부 칼브에서 출생하여 1881년 부모님과 스위스로 이주했다. 1886년 독일 칼브로 돌아와 라틴어 학교에 다녔고 1891년 마울브론 수도원학교에 입학했으나 7개월 만에 도망치고 나와 1894년부터 칼브의 시계공장에서 실습하고 1895년 서점에서 책 거래를 견습하면서 『낭만적인 노래들』을 출간했다. 이후 소설 뿐 아니라 시를 썼으며 그림에도 재능을 보였다. 1946년 노벨 문학상을 받았고 1956년에는 헤르만 헤세 재단을 설립했다. 1962년 8월 9일 85세를 일기로 타놀라에서 사망했다. 대표작으로 『피터 카멘찐트』 『수레바퀴 아래서』 『게르트루트』 『크눌프』 『데미안』 『싯다르타』 『황야의 이리』 『나르시스와 골드문트』 『유리알 유희』 등이 있다.

6. 폐결핵

아무도 모르게 번지는 병

— 토마스 만 『마의 산』

이상, 김소월, 카프카, 브론테 자매, 노발리스, 키츠, 소로우, D H 로렌스······.

폐결핵으로 사망한 작가들이다. 얼핏 떠오르는 이름만 나열해도 쟁쟁한 문학가들 일색이다. 이렇게 예술혼을 마저 불사르지 못한 채 세상을 하직하게 한 질병의 왕좌는 단연 결핵이 차지하고 있다. 비단 예술가뿐 아니라 인류 역사상 가장 많은 생명을 앗아간 감염병으로서 결핵은 기원전 7천 년 경 석기시대의 화석에서도 그 흔적이 발견된다.

이 불행한 병은 1882년 세균학자 로버트 코흐(Robert Koch)가 결핵균(*Mycobacterium tuberculosis*)을 발견하여 병원균의 실체가 세상에 알려지기 시작했다. 수많은 희생자를 낸 후 1944년에 이르러 왁스만이 발견한 스트렙토마이신으로 차츰 완치가 가능해졌는데 문학작품 속에도 적잖이 결핵 이야기가 등장한다.

예를 들면 빅토르 위고의 『레 미제라블』 중 창녀 판틴느, 풋치니 의 오페라 〈라보엠〉의 여주인공 미미, 베르디의 〈춘희〉에 나오는 비올레타, 마크 트웨인의 『엉클 톰스 캐빈』 중의 소녀 에바 등등이 폐결핵을 앓다가 아프게 떠나갔다. 그중에서도 토마스 만의 『마의 산』은 아예 결핵 요양소가 그 배경이라서 다양한 결핵 이야기가 들 어 있다.

결핵은 폐 뿐 아니라 온갖 장기에 두루두루 침범한다. 그러고 보 니 내 기억에 남은 가장 충격적인 수술 장면은 바로 골반결핵 환자 였다.

수련의 시절, 30대 젊은 여자의 개복수술을 한 적이 있었다. 평 소 임신이 되지 않은 것도 문제였지만 극심한 복통을 호소하므로 골반염 진단이 붙은 환자였다. 아뿔싸! 배를 열고 보니 그녀의 뱃속 은 한 치의 공간이 없었다. 복막을 비롯하여 자궁이나 나팔관, 난 소, 그리고 창자까지 모두 강력접착제로 붙여 놓은 듯이 옴짝달싹 도 하지 않았다. 결핵균이 뱃속에 널리 퍼진 상태였던 것이다. '뱃 속이 떡'이 된 이런 환자의 경우 가른 배를 도로 닫고 나오는 수 밖 에 달리 도리가 없었다. 우리 귀에 그토록 친밀한 결핵균이 조직을

괴사시키는 파괴력을 가진 무서운 병임을 뼈저리게 느낀 현장이
었다. 마찬가지로 결핵균이 폐에 침투하면 폐포를 모두 망가뜨리고
석회처럼 딱딱한 조직으로 변성시켜 숨을 쉴 수 없게 되는 것이다.

*　　*　　*

『마의 산(魔의 山)』은 2권 분량의 방대한 작품이지만 의외로 줄거
리는 간단하다.

주인공 한스 카스토르프가 결핵 요양소에 입원한 사촌을 찾아가
는 것으로 이야기는 시작된다. 요양원은 스위스 다보스에 있는 베
르크호프로서 해발 1,600m에 위치한 곳이다. 결핵균이란 건조한
곳에서는 자라지 않는다고 생각했기 때문에 요양소는 통상 높은 곳
에 지어졌다. 우리나라에선 공기 맑고 오존이 풍부한 해안가에 요
양소를 지었던 것과 조금 차이가 있다.

카스토르프는 23세의 독일 청년으로 조선기사 시험에 합격한 엔
지니어이다. 조선소에 취직이 되어 입사를 앞두고 사촌을 만나러
요양원에 잠시 들른 것이다. 사촌 요하임은 사관학교 후보생으로
군복무 중에 폐를 앓기 시작하여 다섯 달 전부터 요양원 신세를 지
고 있다.

카스토르프는 체류 일정을 3주로 잡고 왔지만 그 3주는 금방 지

나가 버린다. 이곳을 '마의 산'이라고 부르는 이유는 저 아래 세상과는 달리 시간을 느낄 수 없는 몽환적인 곳이기 때문이다. 세상과 동떨어져 폐쇄된 이곳은 삶과 죽음의 경계지점으로 받아들이면 미땅할 것이다. 하루 다섯끼 제공되는 호사스런 식사와 일광욕, 산책, 규칙적으로 체온을 재는 것 외엔 달리 하는 일이라곤 없다. 이곳엔 세계 각국에서 찾아온 다양한 유형의 유복한 환자들이 머물고 있다.

카스토르프는 이들과 친분을 쌓고 대화를 나눈다. 개중에는 두 아들이 모두 폐결핵에 걸린 것을 한탄하던 나머지 '둘 다'라는 말만 반복하는 멕시코 여자도 있고 시도 때도 없이 옆방까지 들리도록 황홀한 신음 소리를 내는 뻔뻔한 러시아 부부도 있다. 이따금 시체가 되어 실려 나가는 환자도 보게 된다.

그 가운데 식사 때마다 식당 유리문을 요란하게 닫으며 들어오는 쇼사 부인에게 카스토르프는 마음이 끌린다. 러시아 출신의 그녀는 다소 방종해 보이고 퇴폐적인 분위기가 있지만, 왠지 모르게 카스토르프는 그녀에게 매혹된다. 어린 시절 카스토르프가 좋아했던 남자친구와 많이 닮았단 점도 그 이유의 하나이다.

예정된 3주가 지나고 하산을 하려던 카스토르프는 건강의 이상 신호를 느껴 진찰을 받는다.

처음 도착했을 때부터 얼굴이 달아오르고 담배 맛이 변하는 등 그의 컨디션은 좋지 않았다. 자주 오한이 나자 감기에 걸린 줄 알고 간호사에게 도움을 청한다. 수간호사는 그에게 체온을 재보라는 지시를 한다. 카스토르프의 체온은 뜻밖에도 37.6도였다(정상 체온은 36.4도 이하임). 그뿐만 아니라 의사의 진찰을 받고 보니 뜻밖에도 카스토르프는 예전부터 폐에 결핵 환부를 가지고 있었음이 밝혀진다. 결국 그는 단지 손님으로 찾아왔다가 눌러앉게 된 환자유형에 속하게 된 것이다. 그것이 이후 7년이란 세월로 이어질 줄 예상하지 못한 카스토르프는 요양원에 남게 된 것이 내심 기쁘다. 평지의 모든 의무에서 해방되어 일체의 행동에 대한 책임을 면제해주는 이곳의 분위기에 어느덧 물든 탓도 있지만, 무엇보다 쇼샤 부인 곁을 떠나지 않아도 된다는 기쁨 때문이다.

7개월 후 사육제날 저녁에 카스토르프와 쇼샤 부인, 둘은 함께 시간을 보낸다.

"언제나 당신을 사랑하고 있었어요. 댁은 나의 생명, 나의 당신, 나의 꿈, 운명, 절망, 영원의 동경이니까요……." 카스토르프는 이런 말을 입속에서 뇌까린다.

"오오, 사랑이란……. 육체, 사랑, 죽음, 이 세 가지는 본래가 하나입니다. 육체는 병과 쾌락이요, 육체야말로 죽음을 낳게 하니까요. 그렇습니다. 사랑과 죽음은 모두 육체적인 것으로, 바로 거기에 두려움, 무서운 마력이 있는 것입니다. …… 육체는 존경할 만한 것이며 유기체적인 생명의 놀라운 현상이요, 신성한 기적입니다. …… 인체의 그 멋진 균형을 보십시오. 어깨와 허리, 양 가슴의 꽃 같은 젖꼭지, 쌍이 되어 나란히 달리는 늑골, 부드러운 배, 한가운데의 배꼽, 다리 사이의 검은 보고(寶庫). 등허리의 매끈한 피부밑에서 견갑골이 움직이는 모양을 보십시오. 윤택하고 풍만한 엉덩이를 향해 등뼈가 내려가는 모양, 몸 기둥의 겨드랑이를 통해 사지로 달리는 혈관과 신경의 굵은 가지, 그리고 팔의 구성과 대응하는 다리의 구성! 아아! 팔꿈치와 무릎 관절 안쪽의 부드러운 살, 그리고 그 내부의 살이 이불에 싸인 듯한 무수한 유기적 비밀, 인체의 이 감미로운 부분을 애무한다는 것은 그 얼마나 멋진 희열입니까! 아, 당장에 죽어도 한이 없을 기쁨! 당신 무릎의 피부 냄새를 맡게 해 주십시오. 정교한 관절주머니가 미끄러운 향유를 발산하는 표면에, 그리고 당신의 허벅지에서 고동치고, 훨씬 아래 두 개의 경골 동맥으로 나뉘는 대퇴부에 경건하게 입술을 닿게 해 주십시오. 당신 털구멍의 발산물을 애무하게 해 주십시오. 물과 단백질로 이루어져 무덤에서 분해될 운명을 가진 인간상이여, 당신의 입술에 나의 입술을 댄 채로 죽게 해 주십시오."

카스토르프가 쇼샤 부인에게 이렇게 사랑을 고백한 다음 날 쇼샤 부인은 예정대로 마의 산을 내려간다. 그녀가 다시 돌아오기를 기다리며 카스토르프는 치료에 전념하지만 점점 현실 감각을 잃어간다.

한편 카스토르프에게 애정 어린 충고를 해주는 이가 있다. 이탈리아에서 온 인문학자 세템브리니는 젊은이에게 '죽음의 세계'에서 아까운 시간을 허비하지 말고 당장 평지의 시민 세계로 복귀하라고 말한다. 세템브리니는 휴머니스트로서 이성과 도덕을 앞세우는 사람이다. 그는 카스토르프가 쇼사 부인과 깊은 관계에 빠져드는 것을 만류하려고 애썼던 사람이기도 하다.

카스토르프에게 영향력을 주는 또 다른 사람은 유대인 나프타로 그는 교회권력을 대변하고 있다. 세템브리니와 나프타의 길고 긴 논쟁이 많은 페이지를 차지하고 있다.

이곳의 세월은 빠르게 흐르고 사촌 요하임은 병세가 호전되지 않아 지친 나머지 다시 군대로 돌아가 버린다. 사촌을 떠나보내고 혼자 남은 카스토르프는 스키를 배운다. 그는 어느 날 스키를 타고 산속으로 갔다가 눈보라에 갇혀 오두막에서 꿈을 꾼다. 그 사이 지금까지의 자신의 삶에 대한 반성을 한다. 즉 인간이 착하고 올바르게 살기 위해서는 죽음에 대한 공감에서 벗어나 삶을 사랑해야 한다는 것이다. 아마도 이것이 작가가 우리에게 전하고 싶은 주요 메시지로 생각된다.

그런 중에 사촌 요하임이 병세가 악화되어 다시 요양원으로 복귀한다. 그리고 얼마 지나지 않아 세상을 뜨고 만다. 한편 쇼사 부인도 거물급 사업가를 데리고 다시 요양원에 나타난다. 네덜란드인

페페르코른이다. 그는 은퇴한 커피왕이며 이곳에서도 막강한 후원
자로 행세하고 있다. 카스토르프와 쇼샤 부인, 그리고 페페르코른
사이에 특별한 기류가 생긴다. 그러나 카스토르프는 질투보다는 교
훈과 감동을 더 많이 느낀다. 그것도 잠시뿐 페페르코른은 허무주
의에 빠져 자살을 택하고 쇼샤 부인은 다시 하산하고 만다.

　그녀가 떠난 후 카스토르프는 허탈 상태에 빠진다. 요양원에는
히스테리 환자가 속출하는 가운데 어느덧 7년이란 세월이 흐른다.
그리고 청천벽력 같은 소식이 전해진다. 바로 세계 제1차 대전의 발
발이다. 카스토르프는 참전을 위해 기꺼이 마의 산에서 내려온다.
그리고 슈베르트의 〈보리수〉를 흥얼거리다 전쟁의 포화 속에 희생
되는 것이 마지막 장면이다.

＊　　＊　　＊

　폐결핵의 증상은 기침, 흉통, 야간 발한, 식욕 부진 등이고 서서
히 체중이 감소한다. 미열이 생기고 무기력이나 전신 쇠약감도 동
반된다. 피가 섞인 가래가 나와 놀라기도 하는데 질병이 진행함에
따라서 피를 토하고, 호흡이 곤란해지고, 결국은 숨을 쉬지 못해 사
망에 이르는 병이다.

　그러나 폐결핵에 감염된다 해도 대뜸 증상이 나타나는 것이 아니

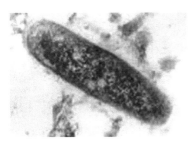

결핵을 일으키는 원인균: 마이코박테리
아 투버클로시스

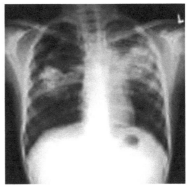

폐결핵 환자의 엑스레이 사진: 양쪽 폐
에 하얀 병변이 두드러진다.

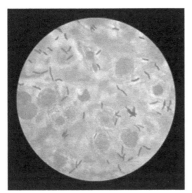

현미경으로 본 결핵균

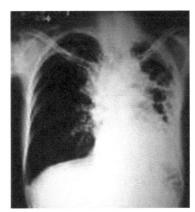

왼쪽 폐가 완전히 결핵균에 잠식된 환
자의 엑스레이 사진

6. 폐결핵

라 환자 자신이 모르는 경우가 대부분이다. 흉부 엑스레이 촬영이
나 결핵반응검사를 통해서 비로소 발견되곤 한다. 또 결핵균에 노
출된다고 모두 병에 걸리는 것은 아니고 90%에서는 치료 없이도
자연적으로 낫는다. 결핵균이 무서운 이유는 사람이 사는 곳엔 어
디나 따라다니기 때문이다. 면역성이 약한 소아와 노인이 잘 걸리
기는 하지만 누구도 피할 수 없다. 지구상의 남녀노소 누구나 걸릴
수 있다는 점에서 인류 공공의 적이다.

우리나라는 OECD 국가 중에서 결핵 발생률과 사망률 1위라는
부끄러운 이름이 붙어 있다. 대한결핵협회에서는 해마다 크리스마
스 실(Seal)을 만들어 파는 등 결핵 퇴치를 위해 노력을 하지만 결핵
은 쉽게 근절되지 않고 있다. 가장 큰 이유는 증상이 따로 없어서
치료시기를 놓치기 때문이다. 그리고 또 다른 이유는 항생제에서
생긴 내성 때문이다. 이를 '슈퍼 결핵', '광범위내성결핵'이라고 부
른다. 결핵약에 저항하는 '다제내성결핵균' 보유자는 법적으로 반드
시 입원치료를 받게 되어 있으나 현실적으로 잘 지켜지지 않는 것
도 큰 문제점이다.

이 작품『마의 산』에는 결핵환자의 증상뿐 아니라 심리 상태까지
세밀하게 묘사되어 있다. 이는 토마스 만의 아내가 폐렴 때문에 요
양원에 입원했을 때 작가가 그녀를 찾아가 3주간 머문 적이 있었으
므로 폐결핵 환자를 직접 접한 경험의 산물일 것이다.

길고 긴 장편 가운데서 내 기억에 가장 강력하게 남는 것은 요양원에서 2주마다 열리는 강연 장면이다. 월요일에 식당에서 열리는 이 강연에는 독일어를 이해하는 성인은 모두 참석하게 되어 있다. 카스토르프가 처음 강연을 듣던 날 강사는 '사랑과 병의 관계'에 대해 재미있는 연설을 한다.

즉 그 강사에 의하면 사랑의 욕구는 억제하거나 억압할 수 있는 것이 아니라고 했다. 억압된 사랑은 죽은 게 아니라 마음속의 어둡고 은밀한 곳에서 호시탐탐 욕구를 실현하려고 노리며 살아있다는 것이다. 순결의 금지령을 어기고 모습을 바꾸어 비록 식별할 수 없어도 다시 모습을 드러낸다는데 그렇다면 허용되지 않고 억압된 사랑이 다시 모습을 드러낼 때의 모습과 가면은 대체 어떤 것일까?

"그것은 병의 모습으로 나타납니다! 병의 증상은 가면을 쓴 사랑의 활동이며 모든 병은 모습을 바꾼 사랑입니다." 강사는 이렇게 역설한다.

이 대목이 상당히 인상적이다.

의사로서 '억압된 사랑의 결과가 병'이란 주장을 어떻게 이해해야 할까? 꼭 폐결핵이 아니더라도 환자들에게서 실연의 아픔이나 사랑의 고통을 호소하는 말을 자주 듣게 되므로 틀린 말은 아니라고 생각한다. 더욱이 폐결핵은 면역성이 떨어지고 체력이 약화되었을 때 쉽게 발병하므로 억압된 사랑으로 몸부림치는 이에게 병이 찾아온다는 말이 일리가 있을 법도 하다.

　오늘도 TV에 결핵조기퇴치 홍보 방송을 하고 있다. 정부지원사업의 하나이므로 보건소에서 무료로 치료해 준다는 내용이다. 주변에 보면 결핵을 천연두처럼 없어진 병으로 생각하는 사람들이 상당히 많다. "그거 옛날 병 아니에요?"라고 묻는 환자도 있었다. 그러나 오히려 과거보다 결핵은 늘어난 추세이다. 다이어트를 하느라 체력이 약해진 젊은 아가씨들과 수명이 길어지면서 면역력이 저하된 노인 인구가 늘어난 이유도 있다. 또 면역억제 약물을 치료제로 쓰는 병들이 많은 탓도 있다. 이 순간도 아무도 모르게 우리 곁을 맴돌고 있는 결핵균에 관심을 가져야 할 것이다.

토마스 만(Thomas Mann)

1875년 6월 6일 독일 뤼벡에서 부유한 곡물상의 아들로 태어나 가업을 이어받으려 했으나 부친 사망 이후 실업고등학교를 그만두고 뮌헨에서 공과대학을 수학했다. 20세기 초반 최고의 독일 소설가로 불리며 1929년 노벨 문학상 수상. 히틀러에 의해 국적을 박탈당하고 미국으로 건너가 시민권을 취득했다. 말년엔 스위스에 정착하여 지내다 1955년 8월 12일 심장병으로 사망함. 주요작품으로는 『부덴브로크가의 사람들』 『요셉과 그의 형제』 『파우스트 박사』 『선택된 인간』 「키 작은 프레델만씨」 「토니오 크뢰거」 「베니스에서의 죽음」 「마리오와 마술사」 등이 있다.

7. 출산

도저히 참을 수 없는 아내의 진통
— 어니스트 헤밍웨이 『우리들의 시대에』

내가 아이를 낳을 때는 마침 산부인과 수련의 시절이었다. 시도 때도 없이 밀려드는 산모들 틈바구니에 지내다 보니 애 낳는 건 예삿일이었다. 저마다 내지르는 비명에 익숙해져 출산이 아플 거란 생각이 들지 않았다. 그러다 보니 나는 거저 아이를 낳을 줄 알았다. 적어도 나만은 아프지 않을 것 같았다. 아니, 힘 한 번만 주면 '응애'하고 아이가 태어날 줄로 생각했던 것이다.

웬걸! 진통이 시작되고 반나절이 지나도록 아이는 좀처럼 나올 기미를 보이지 않았다. 배가 아래로 쳐지면서 아이 머리가 내려와야 하는데 꼼짝도 않는 것이었다. 분만 과정을 훤히 알기 때문에 오히려 몇 배나 더 아픈 것 같았다. 동료들과 선후배 그리고 간호사까지 모두 얼굴을 마주하고 일하던 사이인지라 체면상 소리를 지를 수도 없었다. 다른 산모들이 소리소리 지를 때마다 얼마나 박절하게 야단쳤던가! 여자라면 누구나 다 겪는 일이라며 참으라고 모질게 윽박질렀던 것이었다. 결국 '악' 소리 한 번 못 하고 눈물만 줄줄 흘리던 기억이 25년 전의 일이다.

그나마 딸아이가 중간 크기로 태어나 평균 정도의 진통을 겪었다고 생각하는데 어머니는 여자보다 위대하다고 말하는 이유가 바로 이런 산고를 감내하기 때문이리라.

특이하게도 이러한 출산의 고통을 말해주는 작품이 있다. 바로 어니스트 헤밍웨이의 『우리들의 시대에』이다. 자전적 소설로 열다섯 편의 단편이 담긴 이 책에서 두 번째 수록된 「인디안 캠프」에 분만 장면이 나온다. 헤밍웨이의 아버지가 의사였다고 하니 어쩌면 이 내용은 실화일지도 모르겠다.

*　　*　　*

꼬마 닉이 아버지와 삼촌과 함께 낚시를 갔을 때의 일이다. 인디언 둘이 급하게 아버지를 찾아온다. 인디언 캠프에 의사가 필요하다는 것이다. 한 인디언 산모가 진통이 시작된 지 꼬박 이틀이 넘도록 아이가 나오지 않자 백인 의사에게 도움을 청한 것이다. 왕진

가방을 챙긴 닉의 아버지와 일행은 나룻배를 탄다. 호수를 건너자 인디언 캠프가 나온다. 거기는 나무껍질을 벗겨 생계를 이어가는 인디언들이 사는 곳이다. 산모는 간이침대 아래에 누워 비명을 지르고 있었다. 산모의 남편은 3일 전에 나무를 하다가 도끼에 발을 찍혀 이층 침대에 누워 있다. 그는 차마 아내의 고통을 바라볼 수 없어 머리를 돌리고 있다.

아버지는 닉에게 설명을 한다.

"잘 들어. 저 여자가 지금 겪고 있는 건 산고(産苦)라는 거야. 아이는 태어나야 하고 엄마도 그걸 원해. 엄마의 모든 근육이 아이를 내보내려고 하고 있지. 저 여자가 소리 지를 때, 바로 그런 일이 일어나는 거란다."

닉은 아버지의 말을 어렴풋이 이해한다. 그러면서 아버지에게 여자가 소리 지르지 않게 약을 주라고 말한다. 의사는 이렇게 대답한다.

"진통제는 안 가져왔어. 하지만 비명은 중요하지 않아. 그래서 난 듣지 않는단다."

원래 아기는 머리부터 나와야 수월한데 이 인디언 산모의 경우는 그렇지가 않다. 아버지는 물을 끓여 기구를 소독하고 집도를 시작한다. 조지 삼촌과 인디언 여자 세 명이 산모를 움직이지 못하게 붙들고 있다. 수술은 오래 걸린다. 마침내 아이가 무사히 태어난다.

아들이다.

의사는 흡족한 얼굴로 동생을 향해 호들갑스럽게 말한다.

"이건 의학지에 실릴 만한 일이야, 조지."

"잭나이프로 제왕절개 수술을 하고, 9피트짜리 낚싯줄로 봉합을 했으니까."

우쭐해진 의사는 천막을 떠나기 전에 산모의 남편에게 눈길을 준다. 출산 때 가장 힘들어하는 사람이 남편이란 걸 염두에 둔 것이다. 여태 아무런 소리를 내지 않는 남편을 잘 버티는 사람이라 여긴다. 의사는 램프를 치켜들고 남편이 누운 이층 침대를 비춘다. 그리고 덮은 담요를 벗긴다.

인디언 남편은 벽을 향해 모로 누워 있었다. 목은 귀에서 귀까지 잘린 채였다. 그가 누운 자리는 피가 흥건했고, 머리는 왼팔에 놓여 있었다. 담요에는 날이 펴진 면도칼이 놓여 있었다.

아버지는 깜짝 놀란다. 어린 닉이 끔찍한 광경을 보았을까 봐 걱정한다. 그러나 닉은 아버지가 인디언의 머리를 다시 붙이는 장면까지 이미 똑똑히 본 것이다. 돌아오는 길에 닉이 묻는다.

"남편은 왜 자살했을까요, 아빠?"

"모르겠구나, 아마도 견디기 힘들었나 보다."

7. 출산

83

한 인디언의 아내가 이틀이 넘게 진통을 겪었는데 백인의사가 와서 마취도 없이 배를 갈라 아기를 꺼낸 일과, 그때 곁에 있던 남편은 도저히 견디질 못하고 면도칼로 목을 베어 자살했다는 이야기이다.

처음 이 작품을 읽었을 때 어찌나 충격적이었던지 황당하고도 어이가 없었다. 시간을 두고 생각해보니까 인디언의 정서는 우리와 달라 제왕절개처럼 자연적이지 않은 분만을 받아들일 수 없었는지 모른다. 어쩌면 사랑하는 이의 아픔을 보느니 차라리 죽어버리고 말겠다는 결연한 사랑의 표현인지도 모른다. 한 생명의 탄생 앞에 한 생명의 소멸이 공존하는 이 작품이야말로 괴기하기 짝이 없다.

제왕절개술은 영어로는 세자리안 섹션(Cesarean Section)이라 부르는데 흔히 로마의 시저 장군이 이 방법으로 태어났다고들 말한다. 그러나 율리우스 시저가 태어난 B.C 100년경의 의술로는 사람의 배를 가른 경우 생존할 가능성이 전혀 없다. 역사상 시저의 어머니 아우렐리아 코타(Aurelia Cotta)는 시저의 유년시절을 함께 한 기록이 있으므로 율리우스 시저가 이 수술의 근원은 아니라고 보는 견해가 더 유력하다. 그러나 시저 정도의 영웅이라면 평범한 방법이 아닌 특별한 방법으로 태어났을 것으로 기대하는 심리가 있는 것 같다. 예를 들면 셰익스피어의 『멕베드』에서 마녀가 예언하기를 '여자가 낳은 사람은 왕이 될 수 없다'고 했다. 그런데 맥다프는 스코틀랜드 왕위를 이어받는다. 알고 보니 맥다프는 '달이 차기 전에 어머니의 배를 가르고 나온 사람'이란 것이다. 그것이 1316년경의 일이다.

산부인과에서 제왕절개수술을 선택하는 경우는 정상 분만이 산모나 태아의 생명에 위험을 초래할 때이다. 예를 들어 역아(逆兒)라든가, 전치태반, 난산, 태아곤란증, 아두골반불균형 등등이다. 그런데 점점 제왕절개수술의 빈도가 높아져 사회 문제가 되기도 한다. 진통을 두려워하는 여성들이 덮어놓고 수술을 선호하기도 하고 또 병원에서 진료비가 많이 부과되는 수술을 은근히 부추긴다는 것이다.

내가 출산할 때와는 달리 요즘은 가족분만이라고 해서 남편이 분만 시에 입회하여 곁에서 격려하는 프로그램을 권장하고 있다. 임신 중에 남편도 함께 분만 교육을 받기도 한다. 무어든 알 권리를 중요시하는 오늘날의 시대 흐름에 따른 일이기도 하고, 또 분만이 여성 혼자만의 사건이 아니라는 뜻일 게다. 그러나 부부 사이라 해도 여성의 신비감을 유지하려면 출산만큼은 여자 혼자 겪는 편이 좋겠다는 것이 나의 견해이다. 이 작품에서 드러나듯 아내가 겪는 산고를 남편이 느끼게 하는 건 무리일성싶다. 하지만 요즘은 무통

분만이 발달하여 척추마취 덕분에 진통이 이제는 죽을 만큼의 고통이 아닌 시대가 되었다.

작품 속 의사는 마취도 없이 산모의 복부를 절개하고 다시 봉합까지 마쳤다니 제아무리 산모와 신생아 두 생명을 구했다 해도 남의 고통에 무딘, 참으로 모진 의사로 보인다. 아들 닉이 진통제를 주라고 했을 때 환자의 비명은 중요하지 않아 자신은 듣지 않는다는 대답이 인간미 없는 의사를 대변하는 핵심적인 말인 것 같다. 반면 그녀의 비명은 남편을 자살하게 만들 정도로 고통스러운 것이었다. 과학과 문명을 대표하는 의사의 이런 비정함이 두고두고 머리에 남는 소설이다.

어니스트 헤밍웨이(Ernest Hemingway)

1899년 7월 21일 미국 시카고 오크파크에서 출생하였다.

어린 시절 의사인 아버지를 따라 다니며 사냥과 낚시의 경험을 많이 얻음. 오크파크 고등학교를 졸업한 후 대학 진학은 하지 않고 〈캔자스시티 스타〉 신문사 기자로 일함. 1918년 제1차 세계대전에 참전하려고 지원하였으나 시력 문제로 입대하지 못하고 적십자 부대의 구급차 운전병으로 투입됨. 이탈리아 전선에 배치되었다가 박격포 포격으로 두 다리에 중상을 입게 됨. 1919년에 종전된 후 전쟁 영웅으로 귀국함. 1921년 〈토론토 스타〉 신문사의 유럽 특파원으로 채용되어 세계 전역을 취재함. 1953년 퓰리처상과 1954년 노벨 문학상 받음. 1961년 7월 2일 아이다호 케첨 자택에서 엽총으로 자살함으로써 생을 마감함. 대표작 『태양은 다시 떠오른다』 『무기여 잘 있거라』 『누구를 위하여 종은 울리나』 『노인과 바다』 『킬리만자로의 눈』 등 다수.

7. 출산

8. 간질

그의 순수함은 간질 때문일까

— 도스토옙스키 『백치』

한번은 간질 환자의 발작 장면을 보게 되었다. 중학생 때 집으로 돌아가던 버스 안이었다. 종점에서 탄 나는 맨 뒷자리에 앉아 영어 단어집에 코를 박고 있었는데 서 있던 사람들이 비명을 지르기 시작했다. 그중에서 안내양이 지르는 고음의 쇳소리가 가장 크게 들렸다. 당시 운행하던 시영버스는 승객을 많이 태우기 위해 좌석을 가장자리에 빙 둘러 한 자리씩만 배치하였으므로 버스 중앙은 마치 무대와도 같았다. 하필 그날은 여느 때처럼 콩나물시루가 아니어서 승객들 하나하나의 모습이 눈에 잘 들어왔다.

중앙 통로에 한 여고생이 쓰러져 있었다. 머리는 양 갈래로 따고 빳빳하게 흰 풀을 먹인 교복 칼라가 단정하게 보이는 학생이었다.

스커트가 허리춤까지 올라간 줄도 모르고 누워서 흉한 동작으로 몸을 떨고 있었다. 무당이 굿을 할 때 귀신에 씌어 손을 떤다는 것처럼 자신의 의지와는 무관하게 발작을 하는 그녀의 모습을 차마 유심히 바라볼 수가 없었다. 인간의 몸 안에 인간적이지 않은 그 무엇이 들어 있는 것만 같았다. 얼른 눈을 감아버렸으므로 흔히 말하는 대로 눈이 뒤집혀 있는지 입에 거품을 물었는지 아무것도 보질 못했다. 눈을 다시 떴을 때는 학생이 발딱 일어나 앉아 있었다. 버스는 내내 달렸으므로 한 정거장 가는 사이에 생긴 일이었다. 학생은 잠시 어리둥절해 하다가 사람들의 시선이 집중된 것을 눈치 채고는 재빨리 버스에서 내려 시야에서 사라졌다. 지금도 그녀의 새하얀 얼굴빛은 뇌리에서 지워지질 않는다. 그보다 듬성듬성 서 있던 승객들이 모두 어린 학생을 피해 버스 앞뒤로 몰려가 비명을 질러대고 누구 하나 도와주려 하지 않았던 점이 강렬하게 기억된다. 그때 내가 이미 의사가 되어 있었더라면 달려가 혀를 깨물지 않도록 이빨 사이에 막대기를 물려준다거나 기도가 막히지 않게 머리를 쳐들어 주는 등 조처를 취해주었을 것이다. 아니 의사가 되지 않았더라도 어른으로서 아이가 아픈 걸 발견했다면 다가가 손이라도 잡아주지 않았을까? 남들과 똑같이 소리를 지르고 버스 안에서 쥐새끼라도 발견한 듯이 야단스럽게 환자를 기피하진 않았을 것 같다. 아마 도스토옙스키의 『백치』를 읽은 사람이라면 그러지 않을 것이다.

8. 간질

소설 『백치』는 상하권 946쪽에 이르는 장편이지만 스토리는 의외로 간단하다.

주인공 미쉬낀 공작은 어릴 때부터 지병이 있었다. 그는 일찍 부모를 여의고 대부호 지주에게 의탁되었다. 농노를 4천 명이나 거느리는 지주는 공작을 치료하고자 스위스로 보낸다. 스무 살이 되도록 언어조차 제대로 익히지 못한 미쉬낀 공작은 이따금 발작을 일으키곤 했다. 자신의 병에 대해 "그 병은 이상한 신경질환으로 갑자기 덜덜 떨기도 하고 경련을 일으키기도 하는 간질 아니면 무도병(舞蹈病)"이었다고 설명했다. 사람들은 그를 공공연하게 백치라고 불렀다. 스위스에서 치료받은 결과 완치는 아니지만 상태가 매우 호전되었다. 더는 치료비도 없을뿐더러 길러주었던 지주의 사망 소식을 듣게 되어 러시아로 돌아온다.

이야기는 미쉬낀 공작이 4년 만에 스위스에서부터 돌아오는 기차 안에서부터 시작된다. 이십 대 중반의 공작은 중키보다 조금 크고 숱이 많은 노란 머리에 볼이 움푹 파인 얼굴을 하고 있다. 흰색의 뾰족한 턱수염을 살짝 기르고 큼직한 두건이 달린 널따랗고 두툼한 소매 없는 망토를 입고 있다. 밑창이 두툼한 반장화를 신고 각반을 차고 있어서 우스꽝스러운 모습이다.

공작과 마주 보는 자리에는 마찬가지로 젊은 청년이 앉아있다. 작은 키에 검은 곱슬머리인 그는 작은 잿빛 눈이 이글거리는 사람이다. 그의 이름은 로고진으로 거부 상인의 아들이다. 로고진은 아버지가 누군가에게 전달하라고 심부름시킨 돈을 딴짓 하는 데에 쓰다가 아버지 눈 밖에 나서 먼 친척네로 쫓겨 가 지냈다. 뒤늦게 아버지의 부음을 듣고 재산을 상속받고자 뻬쩨르부르크로 돌아오는 길이다. 그는 아버지의 돈으로 절세 미녀인 나스따시아에게 다이아몬드 목걸이를 선물했던 것이다. 아버지가 그녀에게서 목걸이를 도로 받아 왔지만 로고진은 여전히 나스따시아에 대한 연정을 거둘 길이 없다.

아름다움으로 세간에 이름이 들먹거리는 나스따시아로 말할 것 같으면 이미 남의 첩으로 알려진 여인이다. 일곱 살에 고아가 되었을 때 대지주 또쯔끼가 양육시키며 특별히 교육도 했다. 그러나 그녀가 아리따운 여인으로 성장하자 자신의 욕망을 채우는 노리개로 삼은 것이었다. 그런 또쯔끼가 조건 좋은 여성과 결혼하려고 하자 나스따시아는 그 결혼을 공공연하게 훼방 놓는 등 보복을 한다. 그녀가 원하는 것은 또쯔끼와의 결혼이 아니라 신분을 이용하여 여인을 농락하는 남성에 대한 응징이었다. 지적이고도 매혹적인 나스따시아는 한편 걷잡을 수 없는 성격을 지녔다. 빼어난 미모뿐 아니라 변덕스럽고도 광폭한 성격으로 사람들을 놀라게 했다. 그러나 로고진은 그런 나스따시아를 몹시 사랑하여 물려받은 유산을 모두 그녀에게 바쳐가면서 마음을 얻으려 하는 것이다.

러시아로 돌아온 미쉬낀 공작은 오갈 데기 없어 가문의 유일한 혈통인 장군 부인을 찾아간다. 그녀는 예빠친 장군과 결혼하여 마침 결혼 적령기의 세 딸을 두고 있다. 그 중 막내인 아글라야가 가장 뛰어난 미모와 매력을 가졌다. 미쉬낀 공작은 아글라야와 나스따시아가 매우 닮았다는 데에 생각이 미친다. 그래서일까? 공작은 나스따시아를 사랑하게 되고 마찬가지로 아글라야에게도 마음을 준다.

공작은 어린아이처럼 순진무구하다. 그에게 백치라는 별명이 붙은 이유는 여느 어른과 같은 속물근성이 없기 때문이다. 비록 간질 발작을 일으키지만 그의 지능은 정상적이다. 오히려 그는 남다른 예지력과 통찰력 그리고 올바른 판단력을 가지고 있다는 점이 놀라울 따름이다.

그가 스위스에 있었을 때 이런 일이 있었다. 그 마을에 마리라는 처녀가 남자에게 버림받고 폐병에 걸려 죽어갈 때 마을 사람들이 모두 따돌렸다. 하지만 공작은 깊은 애정을 그녀에게 쏟아 결국 사람들이 마리를 동정하게 만들었다. 특히 공작을 많이 따르던 아이들이 모두 그녀에게 관심과 사랑을 쏟게 되었다. 그녀를 멸시하던 마을 사람들이 그녀의 죽음 앞에 모두 눈물을 흘렸다. 그는 매사에 진정성을 가지고 사람을 진실하게 대하기 때문에 모든 이들에게 호감을 얻었다. 속으로 그를 미워하던 사람도 그를 만나고 나선 어느 누구 하나 반하지 않는 사람이 없었다.

나스따시아가 생일 파티를 열고 누구와 결혼할 것인지 발표하겠다고 한 날이 돌아왔다. 그녀의 결혼 후보자로는 10만 루블을 싸 가지고 와서 청혼하는 로고진도 있지만 돈 때문에 결혼을 사주받은 예빤친 장군의 비서 가브릴라도 있다. 그녀는 벽난로 안에 10만 루블을 싼 보자기를 던져 넣고 가브릴라보고 불구덩이 속에서 꺼내 가라고 소리친다. 가브릴라는 그녀의 태도에 심한 마음의 상처를 입고 혼절하고 만다.

이 장면을 보게 된 공작은 나스따시아가 누구와 결혼하든 그 결혼이 그녀와 배우자를 파멸시킬 것이란 걸 직감적으로 느낀다. 그래서 자신이 그녀를 보호하겠다는 의미로 청혼을 한다. 때마침 공작은 거액의 상속을 받게 된 것을 알게 된다. 그러나 나스따시아는 로고진과 결혼을 약속한다. 그리고는 사라지고 만다.

반년이 지난 후에 모스크바로 떠났던 공작이 페테르부르크에 나타난다. 그동안 종적을 감추었던 나스따시아가 모습을 드러낸 것과 때를 같이 한 것이다. 로고진은 나스따시아를 찾아가 애걸하기도 하고 폭력을 행사하기도 하면서 그녀에게 결혼을 강요했지만 확답을 듣지 못하자 애를 태운다. 이 모두가 공작 때문이라고 판단하고

8. 간질

공작을 향해 앙심을 품는다. 그는 가슴에 칼을 넣고 다닌다.

한편 나스따시아는 순진무구한 공작에게 몹시 마음이 끌리지만 그를 선택한다면 파멸하게 될 것을 예감하고 있으므로 공작을 아글라야에게 양보하려고 한다. 그런 의도로 아글라야에게 몇 차례 편지를 쓴다. 아글라야의 아버지 예빤친 장군도 막내딸을 공작과 결혼시키려고 공식적인 발표를 한다. 그러나 나스따시아와 아글라야가 서로 만난 자리에서 나스따시아가 질투로 기절을 해버리자 공작은 그녀의 곁을 떠나지 못하고 하염없이 그녀의 얼굴을 쓰다듬는다. 그로서 아글라야와는 저절로 파혼이 되고 공작은 나스따시아와 결혼 날짜를 잡는다.

결혼식 당일 교회로 향하던 나스따시아는 군중 속에 모습을 드러낸 로고진을 향해 "살려줘! 날 데려가! 어디든 원하는 대로, 지금 당장에!" 라고 소리친다. 그 둘은 마차를 타고 사라진다. 공작이 다시 나스따시아를 만났을 때 그녀는 이미 싸늘한 주검이 되어 있었다. 로고진이 자신의 집으로 데려간 나스따시아의 심장에 깊숙이 칼을 꽂은 것이었다.

로고진은 간간이 그러다가는 돌연히 두서없는 내용의 말을 날카롭게 소리 내어 중얼대기 시작했다. 그리고 고함을 치다가는 갑자기 웃어 버리기도 했다. 공작은 떨리는 손을 내밀어 로고진의 머리를 만져 주었다. 머리를 쓰다듬어 주다가 뺨도 쓰다듬어 주었다. 달리 어찌할 도리가 없었다. 공작 자신은 다시 몸을 떨기 시작했다. 마치 다리가 떨어져 나간 느낌이었다. 무언가 완전히 새로운 감정이 끝없는 우수를 동반하며 그의 마음을 짓눌러 왔다. 그러는 가운데 날이 밝았다. 마침내 공작은 무기력과 절망의 나락에 빠져 버린 듯 쿠션 위에 누워, 자기의 얼굴을 창백하게 굳어 버린 로고진의 얼굴에 갖다 대었다. 공작의 눈에서 흘러나온 눈물이 로고진의 두 뺨 위로 흘러내렸다. 그러나 공작은 자신의 눈물을 의식하지 못했는지도 모른다. 그리고 더는 눈물에 대해 아무것도 몰랐다…….

여러 시간이 경과한 후에 문이 열리고 사람들이 들어왔다. 이때 살인자는 완전히 의식을 잃고 열병을 앓고 있었다. 공작은 꼼짝 않고 조용히 옆에 앉아서, 환자의 비명과 헛소리가 터져 나올 때마다 떨리는 손을 황급히 뻗어 그의 머리와 뺨을 어루만져 달래 주듯이 쓰다듬었다. 하지만 공작은 사람들이 물어보는 말을 전혀 이해하지 못했고, 방으로 들어와 그를 에워싼 사람들도 알아보지 못했다. 만약 슈나이더 교수가 스위스로부터 나타나 예전의 제자이자 환자인 공작을 지금 본다면, 치료차 스위스에 처음 도착했던 공작의 상태를 기억해 내곤, 손을 내저으면서 마치 그 당시처럼 이렇게 말했을 것이다. "백치!"

로고진에겐 당시 뇌염에 걸려 있었다는 정상이 참작되어 15년의 시베리아 유형이 선고된다. 미쉬낀 공작과의 결혼을 원했던 아글라야는 폴란드 가짜 귀족과 결혼하여 러시아를 떠난다. 공작은 처음처럼 백치 상태로 돌아간다.

＊　　＊　　＊

간질은 에피렙시(epilepsy)라 부르는데 그리스어 epilamvanein 에서 유래되었다. 이는 '신 혹은 악마에 사로잡혀 증상이 생긴다'는 뜻이다. 간질은 한 가지의 단순한 질병이 아니라 다양한 병리적 과정에 의해 결과적으로 발생한 질환군을 일컫는 병명이다. 간질과 경련은 구분되어 사용해야 하는데 경련(seizure)이란 경련발작의 증상을 말하고 간질은 경련이 발생하는 질환을 뜻한다.

우리 몸 어디나 그러하듯 뇌세포에도 생체 전류가 흐른다. 그런데 어떠한 이유로든 뇌전류에 스파크가 생겨 불꽃이 튀면 그것이 간질발작으로 표현되는 것이다. 갑작스럽고 무질서한 이상 흥분 상태에 의해 야기되는 증상이라고 정의할 수 있다. 그러므로 간질 치료제는 누전되는 전선에 절연 테이프를 씌우는 것과 같다고 생각하면 된다.

간질의 원인은 끝내 밝혀내지 못하는 경우가 많지만, 출산 시의 뇌손상이나 소아기의 열병, 외상이나 뇌종양, 감염 및 대사이상 등등이 있다. 한때는 간질을 유전병으로 오해한 적도 있었으나 유전되는 경우는 극소수이다. 이 병은 유병률이 매우 높아서 인구

1,000명당 6.25명으로 추산되고 있다. 인종이나 종족 간의 차이가 거의 없으므로 우리나라에서도 간질 환자 수가 50만 명을 훨씬 웃돈다고 알려져 있다.

　이런 환자들 대부분은 약물에 잘 반응하므로 일상생활에 지장이 없도록 조절할 수 있다. 그러므로 이 작품의 주인공 미쉬낀 공작이 간질의 병력이 있음에도 불구하고 남보다 훌륭한 상황 판단과 아름다운 인간 정신을 보여주는 점이 그다지 놀랄 일이 아니다. '백치'란 표현이 저능아나 장애인처럼 결함을 말하는 줄 알고 읽기 시작하였으나 작품을 다 읽고 나면 차라리 '백치'가 되고 싶은 생각이 들게 한다. 주변에서 세상과 타협하지 않고 자신의 이익이나 영달을 좇지 않는 사람들을 드물게 만날 수 있다. 세속에 물들지 않은 속물이 아닌 사람을……. 작품을 읽는 내내 그런 사람을 오래 떠올리고 그리워했는데 그런 순수함을 가질 수 있는 것이 결코 간질이란 질병 때문만은 아닐 것이다. 어쩌면 우리는 '백치'와 같은 삶을 살도록 날마다 마음을 닦아야 하지 않을까?

도스토옙스키(Fyodor Mikhailovich Dostoevskii)

1820년 11월 11일 모스크바에서 태어났다. 아버지는 자선병원의 의사였는데 다로보예 영지를 사들여 뚤라 지방으로 이주했다. 어머니는 작가가 16세 되던 해에 사망하고 2년 후엔 아버지가 농노에게 살해당한다. 공병학교에 들어가 지루한 군 생활을 하며 21세에 육군 소위가 되었다. 번역 작업을 하다가 24살에 『가난한 사람들』을 집필하여 평론가들 눈에 뜨이며 이후 활발한 작품 활동을 한다. 25세에 처음 가벼운 간질 증세를 보인 것을 시초로 이 병은 그를 평생 따라다니게 된다. 28세에 절대왕정을 비난하는 벨린스끼의 '사악한 편지'를 퍼뜨린 죄목으로 사형을 선고받았으나 형 집행 5분 전에 황제의 특사로 사면된다. 대신 강제 노동형으로 감형되어 4년간 혹독하고 비참한 수용소 생활을 견디어 낸다. 33세에 출옥하여 군 생활을 하다가 간질 증상이 심해져 복무를 계속할 수 없다는 진단을 받는다. 1881년 2월 9일 60세에 각혈을 하다 사망할 때까지 그는 노름빚에 시달리고 곤궁한 삶을 이어갔다. 대표작으로 『학대받은 사람들』 『죽음의 집의 기록』 『지하생활자의 수기』 『죄와 벌』 『영원한 남편』 『악령』 『미성년』 『카라마조프의 형제들』 등이 있다.

9. 성홍열

한 남자 삶의 색깔을 바꾼 전염병
— 카렐 차페크 「우표 수집」

지금도 우표를 수집하는 사람들이 있을까?

내가 초등학생이었던 1960년대에는 우표 수집이 꽤 인기 있는 취미활동이었다. 물자가 귀한 그 시절에 무어든 신기하지 않은 게 있었으랴만 외국에서 날아온 편지에 붙은 우표딱지 한 장은 미지의 세계로 들어가는 통행증과 같았다. 더욱이 고등학생이었던 언니가 호주 여학생과 펜팔을 하고 있어 다양한 우표를 많이 볼 수 있었다. 캥거루나 코알라 같은 귀여운 동물 사진도 좋았지만 다양한 왕관을 쓴 엘리자베스 여왕 우표가 특히 반가웠다. 호주에서 편지가 오는 날엔 밤새 여왕도 되었다가 공주도 되면서 꿈의 나래를 펼치곤 했다.

수집하려면 편지 주인에게 우표를 달라고 간곡하게 사정하는 일과 편지에서 우표만 잘 떼어내는 데 들이는 공도 만만치 않았다. 깔끔한 우표는 봉투째 물에 살짝 담갔다 꺼내야 했는데 너무 오래 두면 색깔이 빠져버리므로 마치 요리를 하듯 적절한 시간 안배가 중요했다.

어느덧 수집한 우표가 두 권 분량이 되었을 때 그걸 나의 가장 소중한 보물로 여기고 주변 사람들에게 보여주었다. 우표책을 내다 팔면 꽤 값을 치러 줄 것이라 자랑을 하곤 했다. 그런데 아뿔싸. 누군가 코웃음을 치며 알려주었다. 사용하지 않은 새것을 모으는 게 진정한 우표 수집이고 나의 헌 우표 따위는 값어치가 조금도 없다고.

지금은 어디에 두었을까? 어린 시절 그렇게 소중하게 여겼던 내 우표수집 앨범…….

그런 나의 추억을 대변해주는 단편을 발견했다. 누군가에게도 헌 우표수집이 퍽 의미 있었던 일임을 알려주는 그런 작품을.

*　　*　　*

카라스 씨가 열 살 소년일 때부터 이야기가 시작된다. 소년은 우표 수집을 시작했다. 그의 아버지는 변호사였는데 아들의 이런 취미 생활이 마땅치가 않았다. 혹시 학교 공부에 방해될까 우려했던 것이다. 그러나 소년은 단짝 친구와 취미를 공유하는 기쁨 때문에 더욱 우표에 대한 열의에 빠져들었다. 그 친구의 이름은 로이지크 체펠카로 거리 악사의 아들이었다. 비록 용모는 단정치 못하고 주근깨가 많은 아이였지만 카라스는 친구를 사랑했다. 그가 나이 들어 되돌아보았을 때 우정만큼 아름다운 인간의 감정은 없다는 생각이 들 만큼 그들의 우정은 아름다웠다.

카라스의 아버지가 근엄하고 훌륭한 신사인 반면에 로이지크는 주정뱅이 거리의 악사를 아버지로 두었지만 둘에겐 문제가 되지 않았다. 그들은 늘 함께 붙어 다녔다. 카라스는 로이지크를 숭배했고 마음속으로 몹시 동경했다. 가난하더라도 로이지크가 자신보다 훨씬 더 많은 것을 가지고 있다고 여겼다. 무엇보다 로이지크는 용감했고 자급자족이 가능한 친구였기 때문이었다. 정확하게 무엇 때문에 그 친구를 사랑했는지 말할 수는 없어도 카라스의 생애 동안 가장 소중한 사랑의 기억으로 남게 되었다.

내가 우표 수집을 시작할 때 로이지크는 내 믿음직스럽고도 사랑하는 친구였다. 수집하는 성향은 남자만이 가지고 있다고 혹자는 말한다. 그건 사실이다. 본능일 수도 있고 남자들이 자신의 적의 머리, 훔친 무기, 곰 가죽, 사슴의 뿔 등 닥치는 대로 모은 것이 전수된 것일 수도 있다. 하지만 우표 수집이란 단순히 무엇을 소유하는 것이 아니다. 그것은 모험이다. 우리를 흥분의 도가니로 몰아넣고 부탄, 볼리비아, 아프리카 남쪽 끝 희망봉의 먼 나라도 접하게 한다. 간단히 말하자면, 모든 다른 나라들과 개인적인 친근한 교우관계를 갖는 것이다. 우표 수집은 남자들의 모험인 넓은 세상을 여행할 생각을 품게 한다. 그것은 십자군과 마찬가지다.

카라스가 우표수집에 대해 이런 견해를 이야기하면 아버지는 좋아하지 않았다. 아버지들은 대체로 자신과 다른 일을 하는 아들을 좋아하지 않는 법이니까. 아이들은 카라스 아버지의 눈을 피해 우표를 다락방에 숨겨야만 했다. 다락에는 오래된 수납함이 있었고 구식 밀가루 상자도 있었다. 두 친구는 마치 두 마리의 생쥐처럼 다락에 기어 올라가 서로의 우표를 살펴보곤 했다.

우표를 구하는 방법도 하나의 모험이었다. 두 소년은 아는 집이거나 모르는 집이거나 무작정 찾아가 편지에 붙은 우표를 떼어달라고 사정했다. 낯선 나라의 우표를 얻었을 때의 기쁨은 일종의 고통이었다. 커다란 기쁨은 달콤한 고통을 수반하기 마련이니까.

더욱이 카라스가 사는 동네에는 재생 옷감을 만드는 공장이 있었다. 그래서 세계 각국에서 주문 편지가 왔다. 카라스는 휴지통을 뒤져 우표를 건졌다. 네덜란드, 이집트, 스웨덴, 하노버, 샴, 남아

프리카 공화국, 중국, 라이베리아, 아프가니스탄, 보르네오, 브라질, 뉴질랜드, 인디아, 콩고, 말레이 반도, 네팔, 뉴기니, 시에라리온, 마다가스카르, 롬바르디아, 쿠바, 니카라과, 필리핀, 심지어 한국의 우표도 있었다.

사람들은 누구나 무언가를 찾기 마련이다. 우표가 아니더라도 진리와 정의를 찾는다. 우표를 얻었을 때의 기쁨은 사냥꾼이나 보석을 찾는 이들, 혹은 땅을 파는 고고학자들만이 느끼는 기쁨이었다. 로이지크와의 우정과 더불어 우표 수집 덕분으로 카라스는 그의 인생에서 가장 행복한 시간을 누렸다.

그러던 어느 날 카라스는 성홍열을 앓게 되었다. 자리에 누워 있는 동안 아버지는 친구가 찾아와도 만나지 못하게 했다. 로이지크가 현관에서 휘파람을 불면 하릴없이 그 소리만 들었을 뿐이다. 며칠을 앓던 중에 하루는 카라스가 아버지의 감시가 덜한 틈을 타 다락방에 올라가 보았다. 물론 우표를 보기 위해서였다. 성홍열에 시달린 아이는 너무 허약해져서 수납함의 뚜껑을 열기도 힘들었다. 그런데 수납함은 텅 비어 있었다. 우표를 넣어 두었던 작은 상자는 온데간데 없었다.

얼마나 마음이 아팠고 무서웠는지 나는 도저히 설명할 수 없다. 나는 돌로 변해 버린 듯 하염없이 다락에 서 있었다. 목에 뭐라도 걸린 것 같았다. 눈물조차 나오지 않았다. 나의 우표, 나의 가장 큰 기쁨이 사라졌다는 것은 공포였다. 하지만 더 무서웠던 것은 나의 유일한 친구인 로이지크가 내가 앓고 있는 사이에 우표를 훔쳤을 거라는 생각이었다. 당황, 환멸, 슬픔과 낙심……. 어린아이가 감당했다고 하기에 너무 놀라운 일이다. 다락을 어떻게 나왔는지 나는 기억이 없다. 나는 다시 고열로 몸져누웠다.

카라스는 그때부터 사람에 대해 친밀감을 느끼지 못하게 되었다. 로이지크의 배반, 그것은 거의 치명적인 상처였다. 그것은 인류에게 느낀 최초의 커다란 환멸이었다. 카라스는 혼잣말을 했다. '거지, 로이지크는 거지야, 그래서 그는 도둑질을 한 거야. 거지를 가장 절친한 친구로 두다니 내가 바보야.'

카라스는 변모해갔다. 그는 사람들과 분리되었다. 천진난만함을 잃어버렸다.

성홍열에서 회복되어 열이 내렸을 때 우표에 대한 카라스의 고통도 아물었다. 그러나 그는 로이지크를 상대하지 않았다.

"저리 비켜. 너하고는 얘기하고 싶지 않으니까."

이렇게 모진 말을 하자 로이지크의 얼굴은 달아올랐다. 로이지크는 비로소 카라스와 자신의 가정 형편 다르다는 걸 느끼고 그때부터 카라스를 미워했다. 그것은 하층민의 분노였다.

이 일은 카라스의 일생을 결정짓는 큰 사건이었다. 카라스는 사람들에 대해 믿음을 잃어버렸다. 그리고 미움과 경멸을 배웠다. 다시는 친구를 사귀지도 못했다. 오히려 혼자라는 사실을 더 자랑스러워했다. 사람들이 점점 카라스를 좋아하지 않게 되는 것도 알았다. 오직 오만하고 자기중심적이고 매사에 철두철미한 사람이 되어갔다. 아랫사람들에겐 가혹하고 압제적인 사람이었다. 사랑 없는 결혼을 한 다음 자녀들은 아버지를 무서워하고 순종하도록 키웠다. 카라스의 삶 속에서 오직 그의 근면함으로 세상의 평판을 얻을 수는 있었다. 신문에서는 그를 그 분야의 지도자라고 하거나 모범적이고 훌륭한 사람이라고 보도했다. 그러나 신문이란 남의 고독을 알 수 있는 게 아니다.

카라스가 예순 살이 넘었을 때 아내가 죽고 그는 가족의 유품을 정리하게 되었다. 부모님이 남겨 놓은 사진과 편지들, 학창시절의 공책들을 담은 상자들을 발견하고 울컥하던 중에 우표를 발견했다. 아버지가 따로 감춰두셨던 것이다.

카라스는 엉엉 울음을 터뜨렸다. 그제야 사건의 진실을 알게 되었다. 잃어버린 우표는 자신이 성홍열을 앓고 있는 동안 친구 로이지크가 훔쳐간 것이 아니라 아버지가, 공부를 게을리하지 않도록 숨기신 것이었다.

그릇된 의심으로 나는 유일한 친구를 잃어버렸다. 나의 유년기를 잃어버렸다. 가난한 사람들을 경멸하게 되었고 그들의 자식들을 미워하게 되었다. 나 자신만 아는 사람이 되었다. 어느 누구와도 친밀해지지 않았으며 평생 우표를 붙일 때마다 회한과 갈등을 느껴야 했다. 결혼 전이나 후에 한 번도 아내에게 편지 쓰지 않았으며 그런 감상적인 것은 나와는 무관한 체했다. 그것은 내 아내를 깊이 마음 아프게 했다. 나는 무뚝뚝했고 사람들은 내게서 멀어져 갔다.

카라스는 되찾은 우표를 앞에 두고 자신의 인생을 돌아보았다. 갑자기 인생이 공허하고 무의미하게 보였다. 만약에 그 일만 없었더라면 모험에 대한 사랑과 열정이 남아 있었을 거라고 생각했다. 또한 그의 삶 속에 애착과 상상과 믿음이 있었을 거라고 안타깝게 돌이켜보았다. 탐험가나 배우나 군인이 되었을지도 모를 거란 생각도 들었다. 사람들을 잘 이해하고 그들과 함께 술을 마시며 그들을 이해했을 것 같았다. 그가 지금과는 어떻게 다른 사람이 되었을지는 아무도 알 수가 없을 테지만. 그는 우표 한 장 한 장을 살펴보면서 자신의 인생을 반추했다. 지금껏 살아온 인생은 다른 사람의 것이었다. 자신의 삶은 아직 펼쳐지지 않은 것 같았다. 만일 신부님께 말씀드리면 뭐라고 할까?

"카라스 씨, 이제 와서 그런 생각은 하지 마시오. 무슨 소용이 있겠습니까. 당신의 인생은 바꿀 수 없습니다. 다시 시작할 수도 없고…….”

카라스는 신부님의 말씀을 인정할 것 같았다. 그래도 이렇게 대답하고 싶었다.

“압니다. 하지만 적어도…… 적어도 우표 수집은 다시 시작할 수 있지 않을까요?”

＊　　＊　　＊

이 짤막한 단편은 이렇게 끝을 맺는다.

성홍열을 앓는 동안 아버지가 우표 수집 상자를 감춰버리자 주인공은 그걸 가난한 친구가 훔쳐간 줄로 오해하고 남을 믿지 않는 강퍅한 사람이 되었다는 이야기이다. 마치 모파상의 「진주 목걸이」처럼 하나의 사건이 일생을 변환시켰다는 것이다. 가능한 말이긴 하지만 삶의 빛깔을 결정한 게 단 하나의 사건이라고 귀결 짓기란 쉬운 일은 아니리라.

만약에 주인공 카라스가 열 살 때에 성홍열에 걸리지 않았더라면 그래서 우표 수집을 계속하고 또 친구와 소중한 우정을 유지했더라면 다른 일은 결코 생기지 않았을까? 그래서 그의 일생을 되돌아보았을 때 무엇 하나 부족함이 없는 흡족한 모습이 되었을까?

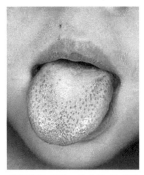
성홍열을 앓는 아이의 혓바닥
은 마치 딸기와 같다.

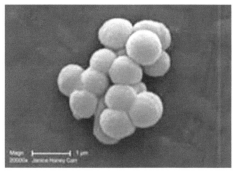
성홍열의 원인균인 연쇄상구균의 전자현미경적
소견

성홍열은 연쇄상구균으로 전파되는 호흡기 감염 질환이다. 전 연령에서 발생할 수 있으나 학령기의 어린이에게 흔하다. 잠복기는 3일 정도이며 갑작스러운 발열, 두통, 구토, 복통, 오한 및 인두염 등으로 시작되고, 24~48시간 후에 전형적인 발진이 나타난다. 영어로 스카렛 피버(Scarlet fever)란 이름이 말해주듯 장밋빛의 붉은 발진이 전신에 퍼진다. 발열은 갑자기 시작하여 39~40℃까지 이를 수 있으며 치료하지 않으면 5~7일간 지속된다. 페니실린으로 치료가 잘 되지만 법정 전염병 3종에 속하므로 격리가 필요하다.

또한 성홍열을 위중하게 여기는 이유는 급성기의 증상이 심한 탓도 있지만, 합병증이 무섭기 때문이다. 연쇄상구균에 대한 과민성으로 생기는 급성 사구체신염이나 류머티스성 심장염은 생명을 위협할 수도 있고 관절염과 뇌막염이나 무도병 등이 평생 후유증으로 남기도 한다.

이 작품의 주인공은 성홍열에 걸리지 않았더라면 자신의 인생이 달라졌을 거라고 한탄하지만 내 생각은 조금 다르다. 질병은 누구에게나 찾아오는 것이고 더욱이 전파성 감염은 혼자만의 노력으로 피하기가 어려울 것이다. 성홍열에 걸렸다 하더라도 그래서 아파 누워있는 동안 수집한 우표를 몽땅 잃어버리고 친구가 훔쳐갔다고 생각되더라도 그럼에도 불구하고 인간을 이해하고 삶의 방향을 개선하는 길을 모색했어야 했을 것이다.

작품과는 별도로 병마가 긍정적인 역할을 한 사례를 하나 보여주고 싶다. 바로 이 작품의 작가 카렐 차페크에 대한 것이다. 그는 체코 사람으로 독일 파시즘에 대항하는 작품을 썼다. 그는 1938년 12월 25일 인플루엔자 감염에 따른 폐렴으로 사망하였다. 당시 게슈타포에게 '공공의 적 3번'으로 지목받고 있던 중의 일이었다. 만일 그가 인플루엔자에 걸리지 않았더라면 작가이며 화가였던 그의 형 요세프 차페크처럼 강제 수용소에 끌려가 최후를 맞았을 것이다.

이 단편은 차페크의 단편집 『단지 조금 이상한 사람들』 가운데 왼쪽 호주머니에 담긴 것이다. 그것에는 '두 개의 호주머니에서 나온 이야기'란 부제가 달려있다.

카렐 차페크(Karel Capek)

1890년 1월 9일 오스트리아-헝가리 제국 보헤미아 북동부의 말레 스바토뇨비체에서 의사 집안의 막내아들로 태어났다. 프라하 카를대학교에서 철학을 공부하고 베를린에 유학하였다. 도서관 사서와 기자 생활을 했으며 극작가·소설가·동화작가로 활동했다. 일찍이 현대 사회의 병폐에 눈을 돌렸던 그는 희곡 『로봇』이나 『곤충의 세계』 등을 통해 통렬하게 사회를 풍자했다. 특히 로봇 이야기의 원제는 『로섬의 유니버설 로봇』으로 기술력의 발달이 인간을 멸망시킬지 모른다는 경고이며 오늘날의 '로봇'이란 단어가 바로 이 작품에서 유래된 것이다. 『크라카티트』에서는 원자물리학의 발달로 생겨난 폭탄의 쟁탈전을 묘사하여 오늘날을 예견하고, 『도롱뇽 전쟁』은 자본가에 의하여 양식된 도롱뇽이 진화하여 대량으로 증식되어 인간 세계를 정복한다는 내용으로 독일 파시즘에 대한 명백한 경종이었다. 3부작 『호르두발』『유성』『평범한 인생』은 철학적이고도 신비한 작품세계를 보여주는 작품이고 『길고 긴 의사의 이야기』를 비롯하여 많은 동화가 있다. 20세기 세계적인 작가로 인정받고 특히 체코슬로바키아 독립의 아버지로 불리는 대통령 T.G.마사리크를 도와 조국 독립에 헌신한 일을 높이 평가한다. 1938년 12월 25일 폐렴에 걸려 49세에 사망하였다.

10. 대사이상 증후군

딸아이의 병, 그 견딜 수 없는 슬픔
— 펄벅 『자라지 않는 아이』

    오래전 내가 처음 개업했던 병원 옆에 큰 재활원이 있었다. 다운 증후군 같은 유전성 질환을 비롯하여 정신지체아와 뇌병변장애자가 수용된 곳이었다. 그곳의 아이들이 탈 났을 때 진료해 주던 지정 의사는 따로 있어 그 아이들이 우리 병원을 찾아오는 경우가 많았던 건 아니다. 간혹 극심한 생리통처럼 산부인과 의사의 손길이 필요한 경우에나 몇몇 여자아이들을 만날 수 있었다. 그 아이들은 외모부터 달랐다. 불균형적인 체형에다 대개가 비만이 동반되어 짧은 다리로 독특하게 걸었고 더러 휠체어를 이용하는 아이도 있었다.

    이들과는 대화가 이뤄질 수 없음은 물론이고 시선을 맞추기도 사뭇 어려웠다. 침을 줄줄 흘리는 지적장애아, 잠시도 가만있지를 못하고 주위를 돌아다니는 과잉행동장애아, 똑같은 동작을 쉬지 않고 반복하는 틱장애 등 별의별 아이를 다 보게 되었다.

그때 내가 주목한 점은 이런 아이들과 함께 온 보호자의 태도였다. 그들은 늘 불만이 많았기 때문이었다. 나로서는 최선을 다해서 치료해 주어도 뭔가 부족함을 내비쳤다. 똑같은 약을 주어도 어떤 보호자는 싸구려 약이라 못 먹이겠다고 했고, 반대로 자신에게만 비싼 약을 주는 거냐며 약자를 얕보는 처사라고 항의했다. 그런 보호자들이 내게 보내는 시선은 벽에 한번 부딪쳤다 돌아오는 것처럼 굴절되어 있었다. 까칠하고도 의심하는 듯한 어투, 그리고 병에 대해 설명을 해주어도 진지하게 경청하지 않았다. 건성으로 듣는 그들의 모습을 보며 마치 허깨비와 대화를 나누는 느낌이었다.

여러 차례 그런 보호자를 경험하다가 나는 의문을 갖기에 이르렀다. 장애인 부모는 아이의 장애 때문에 힘들어서 성격이 극도로 예민해진 걸까? 아니면 원래 까다로운 성격이어서 장애아를 낳는 불행을 초래한 것일까? 라고 말이다. 지금 생각해보면 참 어이없고 사악한 의문에 지나지 않는다. 내가 만난 극소수의 보호자들만 보고 그들을 일반화시켜서 내 멋대로 병에 대한 의미를 부여했던 것이다. 세상에 얼마나 다양한 사람이 있는지 또 하나의 인간에게도 얼마나 다양한 속성이 내재해 있는지 미처 몰랐던 것이다. 이후에 나는 장애아의 부모라도 얼마든지 푸근하고 너그러운 성격의 소유자인 사람을 많이 만나게 되었다. 오히려 그들이 까다롭고 의심이 많을 거라고 내가 선입견을 품고 상대를 대했던 결과였을 것이다. 당시 내가 얼마나 무지하고 오만했는지 돌아볼 수 있는 기억의 편린이었고 최근 펄벅의 『자라지 않는 아이』를 읽고 더 많은 생각을 하게 되었다.

*　　*　　*

펄벅 여사가 출산하고 처음 대면했을 때 아기는 정말 특별하게 예뻤다. 이목구비가 뚜렷하고 눈이 초롱초롱 빛났다. 아이와 엄마는 마주 보면서 서로의 마음을 읽는 것 같았다. 그런데 언제부터였을까? 아기의 지능이 멈춘 때가 언제인지 정확히는 모른다. 아이는 세 살이 되었는데도 말을 하지 못했다. 네 살 때 소아과의사에게 진찰받았더니 갸우뚱하며 뭔가 이상하다고만 했다. 여사의 아이는 또래 아이들보다 집중하는 시간이 무척 짧았다. 또 빠르고 가볍게 여기저기 달리지만 뚜렷한 목적 없이 그냥 몸을 움직일 뿐이었다. 아이의 맑고 푸른 눈도 깊이 들여다보면 공허하게 보였다. 시선을 받아들이지 못하고 자극에 반응하지도 않았다. 항상 같은 눈빛이었다. 어머니는 무언가가 잘못되었음을 절감했다.

여러 의사들에게 데려가도 모두 같은 소견을 보이자 펄벅 여사는 미국으로 건너갈 결심을 했다. 중국에서는 뭐가 문제인지 밝힐 수가 없었다. 다만 뭔가 잘못되었다는 말만 의사들이 되풀이할 뿐이었다.

　　그렇게 해서 이런 아이를 둔 부모라면 누구나 잘 알고 있을 기나긴 여행이 시작되었다. 내가 만나 본 부모들 모두 이런 경험을 가지고 있었다. 어딘가에 병을 낫게 할 방법이 있을 것이라는 신념을 갖고, 아이를 고쳐 줄 사람을 찾아 전 세계를 헤매고 다닌다. 가진 돈을 다 쓰고 더는 돈을 빌려 줄 사람이 없을 때까지 돈을 빌리고 다닌다. 실낱같은 희망을 붙들고 세상에 있는 모든 의사를 찾아간다.

　　펄벅 여사도 온갖 곳을 헤매고 다녔다. 점차 희망이 사라지게 되었지만 완전히 저버리지는 못했다. 그것이 문제였다. 모녀는 바다를 건너 세상천지에 가보지 않은 곳이 없도록 다녔다. 아동병원, 내분비 전문의, 정신과 의사 등등을 만났다. 호르몬 치료로 허송세월을 보내기도 했다. 그러다가 한 종합병원에서 뜻밖의 말을 듣게 되었다. 모든 의사들이 희망을 품어보라고 상투적인 말을 하는 가운데 어떤 독일의사가 해준 말이었다.

　　아주머니 아이는 절대로 정상이 될 수 없습니다. 스스로를 속이시면

안 됩니다. 포기하고 현실을 직시하지 않으면 아주머니의 삶은 완전히 망가지고 집안은 거덜이 날 거예요. 아이는 영영 낫지 않을 겁니다. 제 말 듣고 계세요? 전에도 이런 아이를 본 적이 있어서 압니다. 미국 사람들은 마음이 약해서 이런 말을 못하지만 전 아닙니다. 힘들더라도 제대로 아는 편이 낫습니다. 이 아이는 평생 아주머니의 짐이 될 겁니다. 그 짐을 잘 준비를 하세요. 아이는 말도 제대로 하지 못할 거고, 글을 읽거나 쓰지도 못할 겁니다. 고작해야 네 살 이상으로는 자라지 않을 거예요. 마음의 준비를 하세요. 아주머니! 무엇보다도 아이한테 아주머니의 삶을 다 바쳐서는 안 됩니다. 아이가 행복하게 살 수 있는 곳을 찾아내어 그곳에 맡겨두고 아주머니는 아주머니 삶을 사세요. 아주머니를 위해서 하는 얘기입니다.

이런 말을 하는 의사는 처음이었다. 다른 모든 의사들은 막연히 희망의 끈을 놓지 말라고 격려했었다. 만약에 의사 자신이 이런 일을 겪는다면 끝까지 치료해볼 거라며 여사에게 포기하란 말을 하지 않았다. 독일의사의 말이 그 순간 여사에게 모질고 잔인하게 들렸다. 그러나 그 의사는 진심으로 충고해 준 것이었다. 여사는 그제야 현실을 직시하고 중국으로 돌아갔다. 아이가 치료되리란 희망을 버린 것이었다.

세상에는 두 가지 종류의 슬픔이 있다. 달랠 수 있는 슬픔과 달래지지 않는 슬픔이다. 달랠 수 있는 슬픔은 살면서 마음속에 묻고 있는 슬픔이지만, 달랠 수 없는 슬픔은 삶을 바꾸어 놓으며 슬픔 그 자체가 삶이 되기도 한다. 사라지는 슬픔은 달랠 수 있지만, 안고 살아가야 하는 슬픔은 영원히 달래지지 않는다.

아이는 햇빛과 비를 좋아하고, 롤러스케이트와 세발자전거 타는 걸 좋아했다, 인형과 소꿉과 모래를 가지고 즐겨 놀았고 바닷가에서 뛰어놀고 파도와 장난치며 달렸다. 무엇보다도 음악 듣는 걸 좋아했고 위대한 교향곡을 들으며 조용히 감상했다. 베토벤 5번 교향곡은 반복해서 들려달라고 했다. 아이는 음악에 재능이 있어서 글씨는 읽지 못하면서 레코드판은 구별해 냈다. 아이에게 많은 장점이 있었지만 발육하고 발달하는 건 아니었다. 이런 아이와 함께 시간을 보내며 어머니는 절망에 순응하는 법을 익혀나갔다. 유일하게 감사한 것은 아이가 자신의 상태에 대한 자각이 없다는 점이었다.

어머니는 얼마나 자주 마음속으로 차라리 이 아이가 죽었으면 하는 생각에 눈물을 흘렸는지 모른다. 정신지체아 자식을 제 손으로 죽인 부모의 이야기가 신문에 실리면 그런 부모의 행동이 고스란히 이해되었다. 여사에게 절망과 공포와 염려를 동시에 느끼게 하는 것은 자신이 죽고 나면 누가 아이를 돌볼 것인가 하는 점이었다. 그래서 결단을 내렸다. 아이를 만난 운명은 바꿀 수 없고 아무도 자신을 도와 줄 수 없단 현실을 깨달은 것이었다. 여사는 아이를 시설에 보내기로 결정했다. 아이가 아홉 살 되었을 때의 일이었다. 미국으로 돌아가 여러 곳의 시설을 살펴보았다. 외관이 화려하다고 좋은 시설인 건 아니었다. 시설을 운영하는 사람의 마인드와 보모의 성실함이 중요한 사항이었다. 수용시설 중에는 사람을 동물로 취급하는 곳도 있었다. 여사는 외치고 싶었다. 사람은 누구나 짐승 이상의 존재라는 것을. 정신이 나갔을 지라도, 말을 하지 못하고 누구와도 의사소통을 할 수 없을 지라도 사람은 사람으로서 존엄한 존재이며 인류의 일원임을.

여사는 어렵사리 제대로 된 시설을 찾아 딸 캐롤을 입소시켰다. 아이를 떼어내고 돌아오기까지 그녀가 겪은 아픔은 또 어떠했으랴. 하지만 그녀는 오히려 아이를 통해 배운 것이 많다고 생각했다. 무엇보다도 인내를 배웠다. 또 인간의 정신에 대한 경외심과 존중을 배웠다. 모든 사람이 동등하며 누구나 같은 권리를 부여받았다는 것을 뚜렷하게 알려준 것이 바로 장애인 딸 캐롤이었다. 캐롤은 또 지능이 사람의 전부가 아니라는 것을 알려주었다. 아이는 비록 똑똑하게 말을 하지 못해도 놀라울 정도로 진실했다. 이 순수한 아이는 거짓을 간파할 줄 알았고 부도덕한 습관은 참지 못하며 한 인간으로서의 위엄을 지녔다. 지능이 낮은 아이들은 대신에 좋은 성품을 가져서 부족한 부분을 벌충한다는 사실도 알아냈다. 감정은 지

페닐케톤뇨증을 가진 펄벅 여사의
딸 캐롤 양이 70세 되었을 때의 모습

능과는 무관한 것이었기에 말이다.

캐롤은 어머니 펄벅 여사가 죽은 후에 20여 년을 더 생존해서 72세의 나이로 세상을 떠났다. 캐롤의 장애 원인은 한참 나중에야 대사이상 증후군의 일종인 페닐케톤뇨증이라고 밝혀졌다. 이 병은 정신 지체를 일으킬 뿐 아니라 금발 머리, 푸른 눈, 피부 습진, 쥐오줌 냄새를 풍기는 것이 특징인데 캐롤에겐 이 모든 증상이 다 있었다.

펄벅 여사는 캐롤의 존재가 인류에 무언가 쓸모가 있도록 해야겠다는 간절한 소망에서 이 책을 저술하였고 여사가 작가가 된 동기가 딸 캐롤 때문이었음을 밝혔다. 여사는 작품 활동 외에도 중국 난민들처럼 고통받는 사람들을 위하여 헌신했다. 특히 혼혈아들이 냉대받는 점을 안타깝게 여겨 비영리 재단인 '환영의 집'을 운영했으며 1964년 펄벅 재단을 설립하여 아시아에서 혼혈이란 이유로 버림받은 아이들을 입양시키는 일에 앞장섰고 자신도 7명의 아이를 입양했다. 여사는 딸 캐롤의 삶을 헛되지 않게 하려고 슬픔을 삼키며 각고의 노력을 한 것이었다. 여사는 그녀의 슬픔에 대해 이렇게 말했다.

떨쳐버릴 수 없는 슬픔을 인내하는 법은 혼자서 배워나갈 수밖에 없다. 또한 참는 것만으로는 충분치 않다. 억눌린 슬픔은 씁쓰름한 뿌리처럼 삶에 박혀서 사람을 병들고 우울하게 하는 열매를 맺어 다른 사람의 삶까지도 파괴할 수 있기 때문이다. 인내는 시작일 뿐이다. 슬픔을 받아들여야 하고, 슬픔을 완전히 받아들이면 그에 따르는 보상이 있다는 사실을 알아야 한다. 슬픔에는 어떤 마력이 있기 때문이다. 슬픔은 지혜로 모양을 바꿀 수 있고, 지혜는 기쁨을 가져다줄 수는 없을지 몰라도 행복은 줄 수 있다.

* * *

이 작품에 나오는 페닐케톤뇨증(phenylketonuria)은 우리나라에도 있는 병이다. 열성 유전질환이므로 부모 양쪽 모두 이상 유전자를 가진 경우에만 자녀에게 증상이 나타나게 된다. 약 5만 명 가운데 한 명꼴의 빈도를 보인다. 원인은 필수아미노산인 페닐알라닌을 분해하는 효소가 결핍되어 생긴다. 그 결과 대사되지 못한 페닐알라닌이 몸 안에 축적되어 아이에게 경련을 유발하고 지능장애를 초래하는 것이다. 이런 아이들은 피부와 모발색이 연해지며 땀에서

페닐케톤뇨증 환아를 위한
특수 분유

곰팡이와 같은 퀴퀴한 냄새가 난다.

현재 우리나라에서는 선천성대사이상증후군 선별검사를 무료로 실시하고 있다. 모든 신생아에 대해 페닐케톤뇨증 아니라 갑상선 기능저하증, 단풍당뇨증, 부신 과형성증, 갈락토스혈증, 호모시스틴증 등 6가지를 필수적으로 검사하게 되어 있다. 그 밖에도 42가지 종류의 추가검사를 선택적으로 할 수 있다. 그러므로 이 작품에 나오는 캐롤처럼 페닐케톤뇨증으로 장애아가 되는 경우는 주변에서 더는 찾아볼 수 없을 것이다. 이상을 발견하기만 하면 생후 1개월 이내에 특수 분유(그림 참조)를 먹여 정상인과 같아질 수 있기 때문이다. 생각해보면 세상엔 참으로 다양한 병이 있다. 그리고 병이란 언제나 예기치 못하게 찾아오고 우리에게 고통과 슬픔을 자아낸다. 사랑하는 이의 병을 바라보면 차라리 내가 아픈 게 낫다고 생각하기 마련인데 자식의 질병을 바라보는 부모의 마음은 무엇으로 표현할 수 있을까? 그 아픔을 어떻게 달랠 수 있을까? 펄벅 여사의 슬픔을 헤아려보다가 나와 처지가 다른 사람을 이해하는데 더욱 애써야겠단 생각을 한다.

펄벅(Pearl S. Buck)

1892년 6월 26일 미국 웨스트버지니아 주의 힐스보로에서 태어났다. 선교사였던 부모님을 따라 중국으로 건너가 지내다가 18세에 유럽 여행을 거쳐 모국으로 돌아왔다. 버지니아주 랜돌프 매이콘 여자 대학에서 심리학을 전공하고 졸업 후 어머니 병구완을 위해 중국으로 돌아갔다. 선교사 존 로싱 벅 씨와 결혼하여 첫딸을 얻었으나 일찍 헤어졌다. 아이가 지체아임을 알게 되자 작가가 되기를 결심했다. 1923년 평론을 쓰기 시작하여 「중국에 있어서의 미」를 발표하면서 데뷔했다. 1931년 「대지」를 출판하여 퓰리처상과 뒤이어 노벨 문학상을 받았다. 대표작으로 「동쪽바람 서쪽바람」, 「젊은 혁명가」, 「아들들」, 「어머니」 단편집 「멀고 가까움」, 「제신들」, 「자랑스런 마음」 등이 있으며 1963년에 발표한 「갈대는 바람에 흔들려도」는 한국을 소재로 쓴 작품이다. 1973년 3월 6일에 81세로 생을 마감하여 펜실베니아 버그스에 묻혀있다.

10. 대사이상 증후군

11. 천식

지성이 만드는 병
— 마르셀 프루스트 『잃어버린 시간을 찾아서』

세상에 알려진 병명은 얼마나 될까? 몇백 개? 몇천 개?

세계 보건기구가 정한 국제표준질병분류에 의하면 약 24,000개가 넘는다니 이 작은 인체에 그토록 다양한 병이 찾아올 수 있다는 것도 신기한 일이다. 그 많은 질병 가운데 내 머릿속에 가장 또렷이 각인된 병명은 바로 천식이다. 아주 오래전 내 최초의 기억이 맴도는 곳에 천식이란 질병이 자리 잡고 있다.

대여섯 살 때의 기억이다. 한 방에서 일곱 명의 가족이 함께 잠드는 겨울밤이었다. 집안에는 방이 몇 개 더 있었지만 매섭게 추운 밤엔 온 식구가 모두 한방에 모였다. 난방비도 줄일 겸 서로서로 부둥켜안고 잠드는 게 가장 따뜻하게 지내는 방법이었다. 그런 밤마다

한 번씩 소동이 나는 건 오빠가 매번 발작을 일으키기 때문이었다. 나보다 4살 많은 오빠는 내게 비하면 몇 배나 약했던지 밤마다 숨이 넘어가곤 했다. 쌕쌕 거친 숨소리를 내다 캑캑거리며 얼굴이 새파랗게 질려 버리는 것이었다. 그때마다 부모님뿐 아니라 세 언니들도 이불을 박차고 일어나 오빠를 들쳐 메고 집 앞의 의원으로 달려가야 했다. 얼마 후 숨소리가 돌아온 오빠는 천식발작에 지쳐 잠들어버리지만 남은 식구들은 불안한 밤을 지새우곤 했다. 가장 어린 나는 그 누구의 신경도 거슬리지 않고자 숨죽이고 사태를 지켜보았지만 온 가족의 보살핌을 독차지하는 오빠의 천식이란 병마에 얼마나 큰 시기심을 느꼈는지 모른다.

천식은 기관지가 수축하여 숨길이 막히는 병이므로 좁은 기관지로 공기가 드나드는 동안 가쁜 숨소리를 내기 마련이다. 나는 달빛 아래 식은땀을 흘리는 오빠의 하얀 얼굴을 보며 어찌하여 내 기관지는 트럼펫처럼 튼튼해서 오빠처럼 풀피리 소리를 내지 못하는지 탄식하곤 했다.

천식은 나이가 들어 기관지가 성장하면 저절로 호전되기도 한다. 오빠는 몸에 좋다는 각종 보약을 먹어서인지 이내 천식이 좋아지기는 했지만, 환갑을 바라보는 지금도 밭은 기침소리를 떨쳐내지 못하고 지낸다. 어릴 땐 오빠 때문에 천식에 관심이 많았는데 최근에 천식 환자로 알려진 프랑스 소설가 마르셀 프루스트의 『잃어버린 시간을 찾아서』를 읽고는 다시 한 번 천식에 주목하게 되었다. 장장 11권으로 쓰인 작품 가운데 천식이 나오는 구절을 살펴보자.

*　　*　　*

파리에 사는 주인공 마르셀이 샹젤리제로 놀러 나가던 열네 살 무렵의 일이다. 샹젤리제 공원에서는 또래 아이들이 여럿 모여 놀곤 했다. 그들 가운데 마르셀에게 중요한 소녀는 질베르트였다. 질베르트는 스완의 딸로 마르셀의 집안과도 잘 아는 사이였다. 마르셀은 질베르트를 사랑한다고 느끼고 그녀와 가까워지려고 백방으로 노력하던 어느 날이었다. 숨바꼭질하느라 월계수 덤불 사이 의자에 앉아 있는 그녀를 찾아내고는 그녀가 갖고 있던 편지를 빼앗으려고 몸싸움을 벌이게 된다. 그 편지는 마르셀이 질베르트와 친해지기 위해 그녀의 아버지 스완에게 보냈던 것이었다.

"우리는 엉켜 싸우며 버티었다. 나는 그녀를 끌어안으려고 하였다. 그녀는 반항하였다. 기운을 썼기 때문에 달아오른 그녀의 두 볼은 버찌처럼 붉고 동그스름하였다. 그녀는 내가 간질여 주기나 한 것처럼 킥킥 웃어 대었다. 나는 작은 관목을 기어 올라가려고 하듯 그녀를 두 정강이 사이로 죄었다. 그리고 내가 체조하는 중에, 근육의 운동과 유희의

열도로 숨이 막히는 찰나, 나는 흡사 분투 때문에 흘러내리는 땀방울처럼, 쾌락이 흘러나오는 걸 느꼈다."

질베르트와 뒹굴며 짜릿한 감정을 느꼈던 바로 그 날, 샹젤리제에 다녀온 후부터 마르셀은 몸이 아프기 시작한다. 구역질과 현기증이 나서 숨을 멎는듯하고 으슬으슬 춥고 떨리는 증상을 보이는 것이다. 응급으로 의사를 모셔온다. 그 의사는 폐의 충혈에서 비롯된 발열에 의한 '중독증상'이라고 진단을 내린다. 짚에 불이 붙듯 삽시간에 일어나는 맹렬한 기세의 발열이라는 표현을 사용한다. 이 의사는 마르셀이 예전부터 앓아 온 호흡 곤란을 알고 있어서 호흡 발작이 일어날 때를 대비하여 카페인뿐 아니라 맥주나 샴페인 또는 코냑 등을 마시라고 권해왔다. 알코올이 호흡을 편하게 만들어주는 효과를 응용한 처방이다. 마르셀을 몹시 사랑하는 할머니는 의사의 처방이 손자에게 알코올 중독을 초래할까 봐 염려한다. 하지만 어느 늦은 밤에 손자가 호흡곤란에 시달리는 것을 발견했으나 마침 집에 코냑이 떨어져 손수 코냑을 사러 밤거리를 나갔다 오기도 한다. 그만큼 마르셀의 병약함은 모든 식구들에게 근심거리였다.

며칠이 지나 폐의 충혈이 가라앉을 만한 때에도 여전히 마르셀의 질식증이 해결될 기미가 없자 부모님은 마침내 고명한 코타르 교수의 왕진을 청한다. 당시 코타르 교수는 사교계에서 명의로 소문이나 있었다. 부모님은 이렇게 어려운 병 앞에 의사가 단지 학식만으로는 충분하지가 않다고 여긴 것이었다. 서로 비슷비슷한 증상을 보이는 질병에 대해 명쾌한 진단을 내리는 것은 의사의 통찰력과 활안(活眼)일 것이라고 부모님은 믿었다. 마르셀의 증상은 몇 가지 진단명이 모두 가능한 상태였다. 즉 신경경련, 결핵의 초기, 천식, 신장 기능 약화로 인한 중독성 호흡곤란, 만성기관지염, 또는 이 모두의 혼합 상태일 수도 있었다. 코타르 교수는 마르셀을 진찰하자마자 간단한 처방을 내린다.

"강력한 하제(下劑). 당분간 우유, 우유뿐. 육식과 알코올 금지"이다. 마르셀의 어머니는 펄쩍 뛰며 반대한다. 아이의 몸이 약해져 있는데 관장이나 절식요법이 터무니없어 보인다는 소견을 피력한다. 코타르 의사는 짧게 말한다.

"나는 처방을 두 번 되풀이해서 말하지 않는 버릇이 있습니다. 펜을 빌려 주시죠. 뭐라 해도 우유입니다."

그는 프랑스어로 우유가 오레(au lait)이므로 스페인에서 투우할 때 외치는 오레(olé, olé)와 발음이 비슷한 것을 상기시키며 힘내라는 뜻이 들어있다는 것이다. 그는 이 말을 일종의 재담으로 여겨 다른 환자에게도 자주 애용하고 있었다.

마르셀의 부모님은 "관장, 침대, 우유"라는 쌀쌀맞은 처방을 받아들이지 않는다. 이 방법들은 아들에게 더욱 쇠약함을 초래할 것으로 우려하는 것이다. 그러나 점점 아들의 용태가 악화되자 하는 수 없이 코타르 교수의 처방을 따라 해 본다. 그 후 3일쯤 되는 날에 마르셀의 거친 호흡과 기침이 가라앉아 호흡이 순조로워진 걸 보고 놀란다. 마르셀은 마침내 침상에서 일어난다. 나중에 코타르 교수가 말하기를 자신은 처음부터 마르셀의 질병이 천식임을 알았다고 떠벌린다. 환자를 지배하고 있는 것이 중독이기 때문에 관장을 시키고 신장을 씻어내면 기관지의 충혈을 없애 호흡과 수면이 좋아지고 기력이 회복되리라는 걸 간파했다는 것이다. 식구들은 숙맥처럼 보이는 코타르 교수가 사실은 뛰어난 임상의라는 점을 하릴없이 인정하기에 이른다.

마르셀은 그 후 다시는 샹젤리제에 가지 못한다. 아이들이 그 공원에 다녀온 후 목병에 걸리고, 홍역에 걸리고, 열이 나고…… 그러한 사례들을 들추면 한이 없다며 공원에 아이를 보내는 건 지각없는 일이라고 개탄하는 부모들이 많았기 때문이다.

* * *

작품의 화자인 마르셀은 이보다 더 어릴 때에도 병약하고 선병질이라서 자주 눈물을 흘리고 어머니의 품속을 못 떠나는 예민한 아이로 표현되고 있다. 훗날 세계대전이 발발했을 때 마르셀은 요양원 신세를 지게 되는데 구체적으로 그의 병명이 천식이란 것을 언급한 부분이 바로 이 대목이다.

실제로 작가 프루스트는 방 틈새를 모두 코르크로 막아 외부 공기나 소음이 침입하지 않도록 조처하였고 두꺼운 푸른 커튼을 쳐서 빛조차 새어 들어오지 못하게 만든 방에서 글을 썼다고 한다. 또 천식증상을 완화하기 위해 피운 향료로 사면의 벽은 검게 그을려 있었다는데 그는 9살 무렵에 처음 건초열 발작을 일으켰고 그때부터 호흡곤란과 천식 증상에 시달렸다. 그 치료를 위해 코혈관을 110번이나 소작했다는 기록도 읽는 이를 질리게 한다.

누군가에게 『잃어버린 시간을 찾아서』를 읽었다고 하면 이 방대한 작품 속에 무슨 내용이 들어 있느냐고 물어 오곤 한다. 그 질문에 어떻게 대답을 해주면 좋을까? 이 작품 속엔 들어 있지 않은 내용이 없다고 말하면 마땅하리만큼 세상 이야기가 모두 들어 있기 때문이다.

1900년대 초 프랑스 상류사회의 살롱 문화라든가, 귀족과 부르주아 계급 간의 속물근성의 차이, 당시 이슈가 되었던 유대인 드레퓌스 사건, 바이올린과 피아노를 위한 소나타의 소악절에서 칠중주에 이르기까지 음악으로 표현되는 사랑의 감정, 엘스티르란 이름으로 등장하는 인상파 화가의 예술성, 조르드 상드에서 라신과 발자크, 존 러스킨이나 공쿠르 형제, 플로베르와 말라르메 등등 작가에 대한 문학적 언급, 정치, 외교, 군사학의 병법에서 의학에 이르기까지 다양한 논의가 들어있으므로 없는 게 없다는 표현이 맞을 것이다. 그리고 또한 빠뜨릴 수 없는 것이 동성애에 대한 부분이다. 작품에 등장하는 많은 남녀들이 동성애의 취향을 갖고 있다.

앞에 소개한 질베르트를 마르셀이 그토록 좋아했건만 포기하게 되는 건 어느 날 질베르트가 젊은 남자와 팔짱을 끼고 집으로 돌아오는 모습을 목격하게 되었기 때문이다. 그런데 그 젊은 남자가 남장을 한 여성일 줄이야.

마르셀에게는 사랑의 모델이 되는 인물이 있다. 바로 질베르트의 아버지 스완으로 고상한 취미와 예술적 심미안으로 사교계의 거물이지만 오데트란 고급 창부를 사랑해서 본의 아니게 결혼까지 하게 된 유대인이다. 스완이 오데트를 줄곧 쫓아다녔는데 오데트도 결혼전에 동성애의 경험이 있다는 대목이 나온다. 동성애 취향을 가장 많이 드러내는 사람은 샤를뤼스 남작이다. 그는 대단한 가문의 귀족으로서 예술에 대한 격조 높은 취미가 있고 바이올리니스트를 후원하는 등 귀족의 다양한 면모를 보여주는 신사이면서 한편으론 동성애의 추한 장면을 보여준다. 천민이었던 재단사 쥐피앙과 눈이 맞아 동성애의 짝으로 삼는다. 나중에 쥐피앙에게 호텔을 운영하도록 자금을 대어 준 후 그 호텔에서 채찍으로 매를 맞는 마조키스트로서의 샤를뤼스의 모습은 성적 취향의 섬뜩함을 느끼게 한다.

11. 천식

동성애자로서 더 중요한 인물은 마르셀이 사랑한 알베르틴이다. 휴가철을 맞아 할머니와 찾아간 해변 발베크에서 마르셀은 한 무리의 소녀들을 민난다. 그 가운데 자전거를 다거니 골프채를 들기나 특이한 모자를 쓴 모습이 가장 인상적이었던 아가씨가 알베르틴이었다. 그녀는 고아로 숙모에게 의탁 되어 자랐으며 가문이 볼품없고 품행도 그리 방정하지 않은 소녀이다. 마르셀은 그녀에게 집착하고 결혼하겠다며 집으로 데려오기에 이른다. 하지만 알베르틴은 언제나 비밀을 간직하고 마르셀에게 많은 것을 속이며 거짓말을 일삼는다. 그녀는 동성애자였기에 마르셀에겐 풀 수 없는 수수께끼투성이인 것이다. 그녀는 말에서 낙상하여 사망하고 마르셀은 이내 그녀를 잊고 만다.

이렇게 남녀 동성애자가 자주 등장하는 이 소설은 이렇게 시작한다.

"오래전부터 나는 일찍 잠자리에 들었다."

마르셀은 이 대목에서부터 오래된 기억들을 되살린다. 특히 어린 시절 왕고모에게 인사하러 갔을 때 고모님이 보리수 꽃잎을 우려낸 차에 적셔 주셨던 마들렌 과자의 맛을 잊지 못한다. 그런 비자발적인 기억이 우리의 인생에 미치는 영향들을 수없이 나열하는 것이다. 프루스트는 잃어버린 시간, 혹은 자신이 살롱에 드나들며 소모해 버린 시간에 대해 말하는 것처럼 보이지만 정작 프루스트가 하고 싶은 말은 시간을 되찾는 방법에 대한 이야기일 것이다. 그는 누구나 시간을 소비하고 탕진하고 잃어버릴 수 있지만, 그 시간을 되찾는 방법이 있다는 비밀을 우리에게 전수해 주고자 한다. 그것은 예술의 세계, 글쓰기의 세계를 의미한다. 스완처럼 예술에 대한 감각이 뛰어난 사람도 병들어 죽자 남긴 것이 전혀 없으므로 결국 시간을 잃어버린 것이지만 만일 그가 그림을 그렸거나 작곡을 했거나 글을 썼더라면 그의 시간은 영원히 남을 수 있다고 말해주는 것이다.

작품 끝 부분에 "나의 책은 콩브레의 안경집 주인이 손님 앞에 내놓는 돋보기와 같이 독자들에게 자신의 삶을 읽는 방법을 제공할 것이다."라는 구절이 나온다. 그의 뜻대로 작품을 읽다 보면 내 삶을 반추해 보게 된다.

여기에서 잠깐 마르셀이 유난히 좋아하던 소설가 베르고트를 만났을 때의 장면을 살펴보자.

베르고트는 약골인 마르셀을 보고 물어본다.

"몸조리는 잘합니까? 누가 당신의 건강을 돌보죠?"

마르셀이 코타르 교수의 이름을 대자 베르고트가 "그건 당신에게 적당하지 않은데!"라고 대꾸한다. 베르고트는 사교계에서 코타르를 만나보고 한낱 속물에 지나지 않는 인물이라는 것을 간파했기 때문에 예술가에게 어울리는 명의, 지적인 사람을 치료할 만한 명의가 될 수 없다고 판단한 것이다. 그는 계속 이야기한다.

"치료만 해도 당신과 같은 경우와 다른 평범한 사람의 경우가 같을 수가 없지. 지성인 병고의 4분의 3은 그의 이지에서 생기죠. 지성인에겐 적어도 그의 병고를 이해하는 의사가 필요합니다. 코타르 따위가 어찌 당신의 건강을 돌볼 수가 있겠습니까?"

이렇게 말하던 베르고트도 훗날 요독증으로 고생하다 사망하지만, 지성인이 걸리는 병이 따로 있다는 것과 그렇기 때문에 지성인의 치료는 일반적인 치료와 달라야 한다는 주장이 자못 신선하게 들린다. 그렇다면 마르셀 프루스트의 천식은 지성에서 비롯된 것일까? 그런 말을 하면 혹여 아픈 사람은 화를 낼지도 모르겠지만, 작품을 읽으며 프루스트에 대한 존경심과 애정이 커짐에 따라 그를 평생 괴롭히던 천식조차 대단한 병처럼 여겨지는 감정을 숨길 수 없다.

천식은 기관지를 둘러싼 근육이 경련을 일으키거나 기관지 직경이 좁아져서 생기는 호흡곤란이므로 찬바람과 찬 공기를 피하고 원인 물질을 피하는 것이 우선이다. 천식의 원인 물질로 가장 흔한 것이 집먼지진드기로 알려졌고 계절성으로 꽃가루 등이 작용한다. 천식은 유전적 요인과 환경적 요인이 함께 작용하는 대표적인 알레르기 질환으로 우리 몸을 방어하는 면역체계의 혼란으로부터 이 병이 생겨나는 것이다.

프루스트가 살았던 1900년대 초기엔 천식에 대한 치료가 전무했을 것이다. 그 때문에 프루스트는 일생을 허약하게 지내며 질병에 시달렸고 마지막에는 비서에게 글을 불러주어 쓰게 하여 마무리 지었다. 그렇게 『잃어버린 시간을 찾아서』 7부를 구술로 완성하고 간신히 끝(fin)이란 단어를 자필로 썼다고 한다. 51세의 삶을 마감하기 직전의 일이다.

오늘날에는 천식 치료에 좋은 약이 많이 개발되어 있다. 예방제로 쓸 수 있는 흡입제뿐 아니라 경구용 약물도 종류가 다양하다. 기관지 확장제나 진해 거담제, 폐렴을 대비한 항생제, 면역체계를 변화시키는 류코트리엔 제제 등이 골고루 구비되어 있다.

다양한 면역치료와 식이요법도 천식을 호전시키는 방법들로 소개되어 이제 천식은 질식을 우려하는 공포의 질병이 더는 아닌 것이다. 작품 속의 코타르 교수가 천식에 대해 처방한 "관장, 절식, 우유"란 처방은 현대의학의 견지에서 볼 때 매우 우스꽝스럽고도 비과학적인 치료임이 틀림없다. 그런데도 3일 만에 호전되었다니 우연이라 생각할 수밖에.

그뿐만 아니라 호흡 곤란을 완화하기 위해 알코올을 권했던 또 다른 의사의 처방도 일시적으로 효험이 있을지는 몰라도 폐렴을 유발하는 매우 위험한 치료였다는 말을 덧붙이고 싶다.

11. 천식

마르셀 프루스트(Marcel Proust)

1871년 7월 10일 파리에서 의학박사였던 아버지와 유대인 어머니 사이에서 태어났다. 9살 때 천식 발작을 겪고 평생 고질병이 되었다. 콩도르세 중학에서 철학 공부를 하였으며 파리 대학 법학부에 입학하였다. 병역 생활을 1년간 마쳤고 잠시 도서관 사서를 한 적이 있으나 대부분은 살롱을 드나들며 시간을 보냈다. 작품 활동으로는 존 러스킨의 『아미앵의 성서』『참깨와 백합』 등을 번역했고 『즐거움과 나날』과 『생뜨 뵈브를 반박하며』 등의 습작이 있지만, 일평생 『잃어버린 시간을 찾아서』 한 작품에 매달린 것으로 그의 작가적 삶을 말한다. 수상경력으로는 『잃어버린 시간을 찾아서』 제2부 「꽃피는 아가씨들 그늘에」로 1919년 공쿠르상을 받았다. 1922년 11월 18일 호흡곤란을 일으켜 51세의 삶을 마감하였다.

12. 외상 후 스트레스 장애

환청에 시달리는 남자
― 버지니아 울프 『댈러웨이 부인』

아는 사람 중에 미국 군인이 있다. 미국에 건너가 군인이 되었을
뿐 한국에서 태어났고 한국 정서를 간직한 남자이다. 본래 큰 체격
에다 운동으로 다져진 우람한 근육들이 그의 강건함을 상징하는 듯
하다. 그 집 부부를 만나면 한국과 미국 문화의 차이를 이야기하곤
하는데 언제나 한국이 우월하단 결론이 나기 마련이다. 예를 들면
그쪽 군인들은 바닥에 두루마리 휴지가 줄줄 풀려 있어도 집어 들
기는커녕 발길로 걷어차기 일쑤라는 것이었다.

　최근에 함께 저녁을 먹다가 그의 안색이 수척한 이유를 물으니
잠을 통 이루지 못한다고 했다. 곧 제대를 앞두고 있어 부대 업무는
편하고 쉬운데도 밤마다 악몽에 시달린다는 것이었다. 왜 그런지

사연을 들어보았다.

그는 한때 보스니아 내전에 참전한 적이 있었다. 그때 가장 친하게 지냈던 흑인 병사가 그의 눈앞에서 총을 쏘아 자살을 했다. 아이가 다섯이나 있는 가장이었는데 함께 공중전화를 걸러 나왔다가 사고를 저지른 것이었다. 자신이 말릴 틈이 없었음에도 그는 안타까움과 동시에 죄의식을 갖게 되었다. 일이 떠오르는 밤이면 죽은 흑인 병사가 침실 벽에서 나오는 듯하여 잠을 이룰 수 없고 밤새 악몽에 시달린다는 것이다. 그 병사 말고도 함께 복무했던 군인들의 사망 소식이 차례로 들려오는 요즈음 불안하기 짝이 없다고 말했다.

그의 꿈은 내가 읽은 소설과 어쩌면 그리도 똑같던지. 그토록 건강해 보이는 군인이 마치 소설 대목을 읽듯 늘어놓는 증상에 깜짝 놀랐다. 그는 아마도 외상 후 스트레스 장애를 겪고 있음이리라. 며칠 후에 진료를 예약해 놓았다고 하니 조금 안도할 수 있었다. 그와 같은 증상에 시달리는 소설 속 주인공을 찾아가 보자.

*　　*　　*

버지니아 울프의 『댈러웨이 부인』은 런던에 사는 귀부인이 파티를 여는 어느 하루를 그린 작품이다. 여주인공 클라리사 댈러웨이는 정치인의 아내로 52살이다. 그녀는 우아하고 지적이며 긍정적인 삶을 꾸려가는 여인이다. 그녀와 대조적인 성격으로 등장하는 젊은 남자가 있다. 그의 이름은 셉티머스 워렌 스미스이다.

그는 서른 살가량으로 날카로운 콧등과 창백한 얼굴에다 엷은 갈색 눈에는 불안한 빛이 돌았다. 댈러웨이 부인이 파티를 여는 날 아침, 꽃을 사러 시내에 나갔다가 총성과 같은 자동차 타이어 펑크 소리를 듣는다. 같은 시각 셉티머스도 막힌 길 가운데에 서 있다. 그는 자신 때문에 길이 막힌다고 생각한다.

셉티머스가 죽어버리겠다고 말했기 때문에 아내 루크레치아는 예민해져 있다. 24살의 아내는 이탈리아에서부터 남편을 따라 친구 하나 없는 영국으로 건너왔다. 그녀는 혼잣말을 하는 셉티머스를 사람들로부터 숨기기 위해 공원으로 데려간다. 리전트 파크 산책로 곁 벤치에 두 사람이 나란히 앉는다.

닥터 홈스는 그녀에게 셉티머스가 밖에 나가 사물들에 관심을 두도록 해주라고 조언했다. 그에게 특별한 병이 있다기보다는 그저 활기가 좀 없는 것뿐이라고 진단했던 것이다.

그녀는 더는 참을 수가 없었다. 닥터 홈스는 심각한 병이 아니라고 하지만, 차라리 그가 죽어버렸으면 싶었다! 남편이 그런 식으로 자기만의 세계에 빠져 자기는 보이지도 않는 듯 끔찍하게 굴 때면 도저히 그의 곁에 있을 수가 없다.

설마 정말로 자살하지는 않겠지. 사랑은 사람을 외롭게 만든다더니. 뒤돌아보니 허름한 외투 차림의 그가 혼자 벤치에 쭈그리고 앉아 골똘히 앞만 바라보고 있다. 남자가 자살하겠다니 비겁한 말이야. 그는 이기적이다. 남자들은 다 이기적이지. 그는 아픈 게 아니야. 닥터 홈스 말로는 아무 문제도 없다지 않나. 그의 아내로서, 그가 미쳤다고는 결코, 결코 말하지 않으리라!

셉티머스는 계시의 말을 듣고 있다. 인간들은 나무를 베면 안 된다. 신은 존재한다. 세상을 변화시켜라. 그가 듣는 계시의 내용은 이렇게 세 가지이다.

그는 귀를 기울여 참새가 맞은편 난간에 앉아서 셉티머스, 셉티머스, 하고 부르는 소리를 듣는다. 참새는 네댓 번 이상을 찍찍대더니, 목청을 길게 빼면서 이번에는 그리스말로 생생하고도 날카롭게 어떻게 범죄자가 없는지를 알려준다.

"무슨 말을 하는 거예요?" 루크레치아가 곁에 와서 앉으며 묻는다.

닥터 홈스는 그에게 아무 문제가 없다고 진단했다. 그렇다면 대체 무슨 일이 일어났단 말인가? 어째서 이렇게 이상해졌을까?

어린 시절 셉티머스가 집에서 뛰쳐나온 것은 어머니 때문이었다. 어머니가 자꾸 거짓말을 했던 것이다. 또 시골에서는 시인이 될 가망이 없다고 생각했기 때문이었다. 그래서 누이동생에게만 속내를 얘기한 뒤 바보 같은 쪽지를 남겨 놓고 런던으로 갔다. 그는 하숙을 하며 여러 가지 경험을 했다. 이 모든 것이 뒤섞여서 그는 내성적이고 말을 더듬는 청년이 되었으며, 더 나은 사람이 되고자 하는 열망을 갖게 됐고, 워털루 로드에서 셰익스피어 강연을 하던 미스 이사벨 포울을 사랑하게 되었다. 그는 그녀가 아름답고 나무랄 데 없이 현명하다고 생각했고, 그녀의 꿈을 꾸었으며, 그녀에 대한 시를 썼다. 그녀는 그 시들의 내용은 무시한 채 붉은 잉크로 고쳐 주었다. 셉티머스는 경매 및 부동산 중개를 겸한 회사에 취직했다. 그 회사의 지배인은 셉티머스의 능력을 아주 높이 평가했으며 훗날 자신의 후계자가 되리라 예견했다.

그런데 전쟁이 발발했고 셉티머스는 가장 먼저 자원했다. 전쟁터에서 그는 남자다워졌고 진급도 했다. 그는 에번스란 상관의 눈에 띄었고, 그의 신임을 얻었다. 그들은 항상 같이 지냈고, 같이 나누고 같이 싸우고, 다투었다. 그러나 휴전 직전에 이탈리아에서 에번스가 죽자, 셉티머스는 변하기 시작했다. 감정을 드러내거나 친구를 잃은 것을 인식하기는커녕 자신이 별다른 느낌이 없고 극히 이성적이라는 것을 오히려 다행으로 여겼다. 전쟁이 자신을 강하게 만들었다고 생각했다. 굉장한 일이었다. 그는 거기 살아 있었다. 마지막 포탄들도 그를 피해 갔다. 그는 그것들이 폭발하는 것을 무덤

12. 외상 후 스트레스 장애

덤하게 바라보았다. 평화가 왔을 때 그는 밀라노에서 한 여관집에 숙박을 했다. 딸들이 모자를 만드는 집이었다. 그는 두 딸 중 동생인 루크레치이와 약혼했다. 더는 아무것도 느낄 수 없다는 당혹감이 엄습하던 어느 날 저녁에.

이제 다 지난 일이고 휴전은 조인되었고 전사자들은 매장되었는데도, 그는 특히 저녁이면 느닷없는 공포에 사로잡히곤 했다. 그는 맛도 느낄 수 없었다. 아무 것도 느낄 수 없었다. 이 세상 탓일 것이다. 그가 느낄 수 없다는 것은.

사무실에서는 그를 승진 시켜주었다. 그가 십자훈장을 따온 것을 자랑스럽게 여긴 까닭이었다. 그는 또다시 셰익스피어를 펼쳐들었다. 셰익스피어가 얼마나 인류를 혐오했던지. 옷을 차려입는 것, 아이를 낳는 것, 입과 배의 추잡함! 언어의 아름다움 속에 숨어 있던 메시지가 이제 셉티머스에게 명백해졌다. 한 세대가 다음 세대에게 남몰래 전해주는 은밀한 신호는 역겨움과 증오와 절망이었다. 남녀 간의 사랑도 셰익스피어에게는 혐오스러운 것이었다. 짝짓기라는 일도 그에게는 더럽게만 여겨졌다. 아내는 아이를 원하지만 이런 세상에 자식을 낳을 수는 없다. 고통을 영속시킬 수도 없고 이 탐욕스러운 짐승들, 지속적인 감정이라고는 없고 변덕과 허영에 이리저리 끌려다니는 짐승들의 자손을 늘릴 수는 없다. 인간이란 존재는 순간의 쾌락을 증대시키는 데 필요한 것 말고는 친절도 믿음도 자비심도 없다. 그들은 떼 지어 사냥을 한다. 그들 떼거리는 사막을 짓밟고 비명을 지르며 황야로 사라져 간다. 넘어진 자는 버리고 간다. 그들의 표정은 악의 어린 미소로 뒤덮여 있다.

아무도 그를 이 상태에서 벗어나게 할 수 없다. 처음 진찰을 받던 날 아내는 그를 자리에 눕히고 의사를 불렀다. 집주인 아줌마가 추천한 닥터 홈스를. 홈스가 와서 그를 진찰했다.

"아무 문제도 없습니다."

의사가 말했다.

"오 다행이야! 얼마나 친절하고 좋은 분인가."

루크레치아는 생각했다. 이런 기분이 들 때면 뮤직홀에 가라고, 골프를 치러 가라고 말했다. 의사 자신이 그런다며. 브로마이드 알약 두 개를 물에 타서 자기 전에 마시라고 처방했다. 의사는 벽을 두드리며 나무판자에 대한 소리를 주절거린다. 고급 저택에 왕진 다녀온 경험을 자랑하기 위해.

체격이 크고 혈색이 좋고 잘 생긴 닥터 홈스는 장화의 먼지를 탁탁 털고 거울 속의 자기 모습을 들여다보며 그 모든 것을—두통이니, 불면증이니 두려움 꿈같은 것들을—간단히 정리해버렸다. 그저 신경과민일 뿐이라고 말했다. 건강이란 대체로 우리 자신이 하기 나름이지요. 관심을 외부로 돌려보세요. 취미 활동을 하시던가. 의사는 그렇게 말하면서 셉티머스가 읽던 셰익스피어의 『안토니오와 클레오파트라』를 펼쳐보더니 한옆으로 밀쳐놓았다. 자신이 그처럼 건강을 유지하는 것도 런던의 그 누구보다도 열심히 일하지만, 환자 보는 일에서 고가구 수집 취미로 금방 옮겨갈 수 있기 때문이라고 말한다.

그 멍청한 의사가 또 찾아왔을 때, 셉티머스는 만나기를 거부했다.

"정말 그래요?"하고 닥터 홈스는 상냥하게 웃으며 대꾸하고 레크루치아를 살짝 밀치고서야 환자의 침실로 들어갈 수 있었다.

"그래, 겁을 먹었군요."

그는 셉티머스 곁에 앉아 사근사근하게 말을 걸었다. 아내에게 자살 얘기를 했느냐고. 그래서야 그녀가 영국 남편들을 잘못 생각하게 되지 않겠느냐고. 적어도 아내에 대한 의무란 게 있지 않겠느냐고. 그저 침대에 누워 있는 것보다 뭐라도 하는 편이 낫지 않겠느냐고. 자그마치 40년이나 경험을 쌓은 의사의 말을 믿으라고. 셉티머스에겐 아무 문제도 없다는 것을. 다음번에 방문했을 때는 셉티머스가 자리에서 일어나 그 작고 귀여운 아내를 걱정시키지 않길 바란다고.

한 마디로, '인간 본성'이 그를 덮치고 있었다. 셉티머스는 홈스를 인간본성이라 불렀다. 콧구멍이 시뻘건 혐오스러운 짐승, 홈스가 그를 깔아뭉개고 있었다. 닥터 홈스는 매일 찾아왔다. 일단 넘어지면, 하고 셉티머스가 썼다. 인간 본성이 너를 덮친다. 홈스가 너를 뭉개고 있다.

루크레치아는 이해할 수 없다. 닥터 홈스는 아주 친절한 분이신데. 셉티머스에게 그토록 잘해 주시는데.

그러니까 그는 버림받은 것이었다. 온 세상이 그를 향해 외치고 있었다. 죽어, 죽어, 우리를 위해서. 그러나 왜 그들을 위해 죽어야 한담? 음식도 좋고 태양은 따사로운데, 그리고 죽으려면 어떻게 해야 하나? 식탁용 나이프로? 피가 흥건하게, 추하게? 아니면 가스 파이프를 입에 물고? 그는 힘이 없어서 손도 쳐들 수 없을 지경이었다. 게다가 이제 유죄 판결을 받고 곧 죽을 사람들이 홀로 있듯이 홀로 버려지고 보니, 차라리 거기에는 사치가 있었다. 세상에 미련을 가진 자들은 결코 알 수 없는 자유가 있었다. 물론 홈스가 이겼다. 콧구멍이 시뻘건 그 짐승이 이긴 것이다.

위대한 계시가 떠오른 것은 바로 그 순간이었다. 휘장 뒤에서 한 음성이 말을 걸었다. 에번스였다. 죽은 자들이 그와 함께 있었다.

"에번스, 에번스!" 그는 외쳤다.

"뭐라고 했어요? 셉티머스?" 루크레치아가 겁에 질려 물었다. 그는 또 혼잣말을 하고 있는 것이다. 그녀는 닥터 홈스를 불러오라고 시켰다. 남편이 정신이 이상해졌다고 자기를 알아보지도 못한다고.

"짐승 같은 놈! 짐승 같은 놈!" 셉티머스는 닥터 홈스라는 인간

본성이 방에 들어오는 것을 보고 외쳤다.

"이게 대체 무슨 일입니까?" 닥터 홈스는 세상에서 가장 상냥한 어조로 물었다. "허튼소리로 부인을 놀라게 히다니?" 그는 셉티머스에게 뭔가 잠들게 해줄 약을 주겠다고 말했다. 홈스는 얕보는 듯 방안을 둘러보며 그들의 형편이 넉넉하다면 비싼 병원을 소개하겠다고 했다. 자신을 신뢰하지 않는다고 느꼈기 때문이었다.

그래서 셉티머스는 유명한 윌리엄 브래드쇼 경을 만나러 가게 되었다. 윌리엄 경은 훌륭한 기술과 정확한 진단뿐 아니라 동정심이 있는 의사, 인간의 영혼을 이해하는 의사로도 평판이 났다. 그는 환자가 방안에 척 들어서는 순간 그들의 문제를 알아본다고 했다. 셉티머스를 보는 순간 윌리엄경은 확신했다. 완전한 신경 쇠약, 육체적 정신적으로 극심한 신경쇠약이란 것을. 닥터 홈스에게서 6주간이나 치료를 받았다지만 브로마이드 따위로는 낫지 않는다는 것을 잘 알고 있었다.

"댁의 남편은 병세가 위중합니다. 자살하겠다고 하지 않던가요? 문제는 안정입니다. 안정, 안정, 안정. 침대에 오래 누워 안정하는 것이지요. 시골에 아주 멋진 요양소가 있는데 거기 가면 댁의 남편을 잘 돌봐드릴 겁니다." 윌리엄경이 말한다.

"하지만 저이는 미친 건 아니지요?" 라는 루크레치아의 물음에 윌리엄 경은 자신은 결코 '미쳤다'라는 말을 쓰지 않는다고 한다. 그는 그것을 단지 균형 감각이 없다고 불렀다.

월리엄 경이 짤막하게, 친절하게 사태를 설명해 준다. 그가 자살하겠다고 위협했다니 선택의 여지가 없음을. 그건 법의 문제임을. 그는 아름다운 시골집 침대에 누워 있게 될 것이다. 간호사들도 모두 친절하다. 월리엄 경은 셉티머스에게 자신이 1주일에 한 번 방문할 것이라며 요양소를 설명해 준다.

일단 넘어지면, 하고 셉티머스는 거듭 생각한다. 인간 본성이 너를 덮친다. 홈스와 월리엄 경이 널 덮쳤어. 그들은 사막을 누비고 다닌다. 비명을 지르며 황야로 날아가지. 그들은 형틀이며 손가락 죄는 나사를 쓴다. 인간 본성은 가차 없는 것이니.

그날 다섯 시와 여섯 시 사이에 셉티머스를 요양원에 보내도록 모든 조처를 한다.

의사는 셉티머스 진료에 45분이나 할애했음을 아까워한다. 의사가 자신의 균형 감각을 잃어버린다면 의사로서 실패이다. 우리는 건강을 유지해야 하는데, 건강이란 곧 균형이다. 그러므로 어떤 사람이 진료실에 들어와 자신이 그리스도라고 망상을 보인다면 그에게 균형 감각을 일깨워야 할 것이다. 침대에서 안정할 것을, 고독 가운데 안정할 것을 명해야 한다. 침묵과 안정, 친구들도 책도 메시지도 없이, 여섯 달쯤 안정하면 체중이 45kg 정도였던 사람이 77kg 가량 나갈 정도로 체중이 늘게 된다.

이 균형을 숭상함으로써 윌리엄경 자신이 번창했을 뿐 아니라 영국 전체를 번영하게 하였다. 영국이 광인들을 격리하고 출산을 금지하고 절망을 치벌하고 부적응자들이 자신들의 견해를 퍼뜨리지 못하게 했다. 그는 이것은 광증이고, 이것은 정상이라고 딱 부러진 진단을 내려 주었다. 윌리엄경은 서리 주에 친구를 두고 거기에서 균형감각을 가르쳤다. 그는 사람들을 가두었다. 벌거벗고, 무방비하고, 기진맥진한, 의지할 데 없는 자들을 느닷없이 덮치고 집어삼켰다. 윌리엄 경이 환자의 친척들에게 그토록 반가운 존재인 것은 이러한 결단과 인류애의 결합 때문이었다.

윌리엄 경을 만나고 돌아온 셉티머스는 거실 소파에 누워 있었다. 더는 두려워하지 말라, 하고 몸속의 마음이 말한다. 더는 두려워하지 말라.

루크레치아는 테이블에 앉아 모자를 만지작거리며 남편을 지켜본다. 그가 미소 짓는다. 이건 결혼도 아니야. 남편이라면 저럴 수가 없어. 저렇게 이상한 얼굴로 깜짝깜짝 놀라 소스라치고, 소리 내어 웃고, 몇 시간씩 잠자코 앉아 있다가 갑자기 그녀를 붙들고는 받아 적으라 하기도 하고. 테이블 서랍에는 그렇게 해서 쓴 글이 수북하다. 전쟁에 대해, 셰익스피어에 대해, 위대한 발견들에 대해, 어떻게 죽음이란 없는가에 대해. 최근에 그는 아무 이유 없이 흥분을 해서 손을 휘저으며 진리를 발견했다고 외치곤 했다! 모든 걸 알

앉다고! 그 남자, 전사한 친구 에번스가 나타났다고도 했다. 저 휘장 뒤에서 노래하고 있다고.

짐을 싸야 한다. 아래층에서 소리가 난다. 윌리엄 경이 보낸 사람들이 왔나?

닥터 홈스이다.

"부인, 저는 친구로서 온 겁니다." 홈스가 말한다.

"아니요. 당신이 제 남편을 만나는 것을 허락하지 않겠어요."

셉티머스는 그녀의 말소리를 듣는다.

"부인, 지나가게 해 주십시오……." 체격이 건장한 홈스는 그녀를 밀어내며 말한다.

홈스가 위층으로 올라오고 있다. 홈스가 이제 문을 열어젖히겠지. 홈스가 묻겠지. "겁이 납니까?"하고. 홈스가 나를 붙들겠지. 하지만 안 된다. 홈스도 윌리엄 경도 나를 잡아서는 안 된다. 셉티머스는 비틀거리며 일어나 한 걸음씩 껑충거리며 빵 써는 칼이 있는 데로 간다. 자루에 '빵'이라 씌어 있는, 그건 너무 깔끔해서 망가뜨릴 수가 없다. 가스불은 어떨까? 하지만 이제 너무 늦었어. 홈스가 오고 있다. 면도날은 있을 텐데, 하지만 루크레치아가 늘 그러하듯 상자에 넣어 두었다. 남은 것은 창문뿐이다. 블룸즈버리 하숙집의 커다란 창문을 열고 몸을 밖으로 던지는 것은 귀찮고 피곤하고 게다가 신파적인 일이다. 그건 그 사람들 식의 비극이지, 루크레치

12. 외상 후 스트레스 장애

147

아의 방법은 아니다. 홈스나 윌리엄 경은 그런 일을 좋아한다. 그는 창턱에 앉는다. 하지만 마지막 순간까지 기다려보자. 죽고 싶지 않다. 산다는 건 좋은 일이다. 햇볕이 쨍쨍하다. 다만 인간들이—대체 그들은 뭘 원하나? 맞은편 계단을 내려오다 말고 한 노인이 그를 쳐다본다. 홈스는 방문 앞까지 왔다.

"옜다, 봐라!" 셉티머스는 외치며 창문 밖으로 곧장 몸을 던진다.

이 시각 댈러웨이 부인은 파티를 열고 있다. 윌리엄 경이 늦게 참석해서 셉티머스에 대한 이야기를 전해준다. 청년이 뛰어내리는 광경이 눈에 선하다. 하지만 대체 왜 그런 짓을 했을까? 윌리엄 경 부부는 하필 그녀의 파티에 와서 그런 얘기를 하다니!

댈러웨이 부인은 왠지 그와—자살을 한 청년과—아주 비슷하게 느껴진다. 그가 그렇게 한 것이, 모든 것을 내던져 버린 것이 기쁘다. 시계가 종을 친다. 납처럼 둔중한 원이 공중으로 퍼져 나간다.

* * *

두 명의 의사에게 치료받던 셉티머스는 그 두 의사에게 이해받지 못하고 정확한 진단도 얻지 못했다. 오히려 자신에게 다가오는 의사를 피하려다가 창문 밖으로 떨어져 자살을 하고 말았다. 일반의

인 홈스는 셉티머스의 정신이 아픈 것을 이해하지 못했다. 신체가 건강하므로 신경과민일 뿐이라고 하고 건강이란 자신이 하기 나름이라고 설교를 늘어놓았다.

또한 홈스는 자신의 진료를 못미더워하는 셉티머스 부부에게 진료비가 비싼 윌리엄 경을 소개해준다. 윌리엄 경은 당대 신경증을 잘 고치는 의사로 명성이 자자하지만 셉티머스를 이해하지 못하기는 마찬가지이다. 그는 셉티머스에게 요양원에 가서 섭식을 잘하고 체중이 두 배 정도 늘 때까지 푹 쉬라고 지시한다. 사회 부적응자로 간주하고 격리하는 것이다. 겉으로는 균형감각을 가르친다고 하지만 불법감금 요양원처럼 치료를 빙자하여 가둬두는 그런 곳으로 보내려 한다. 윌리엄 경의 그 지시를 따르기 전에 친구로서 찾아왔다는 홈스를 피해 셉티머스는 창문 밖으로 뛰어내려 죽고 만다. 누가 그를 죽음으로 내몬 것일까?

셉티머스는 전쟁을 겪은 후에 정신 상태가 비정상으로 변했다. 감각을 느끼지 못하게 되고 걸핏하면 계시를 받는다고도 했다. 절친한 전우 에반스는 전쟁터에서 죽었는데도 자꾸 벽에서 나온다며 그와 대화를 나누기도 한다. 그의 환각 증상은 제1차 세계대전에 참전한 다음부터였다. 아마 에반스의 죽음을 목격하고 나서였을 것이다. 충격을 받은 이후 인격이 변하는 현상을 '외상 후 스트레스성 장애'라 진단한다. Post Traumatic Stress Disorder를 줄여서

PTSD라 부르고 오늘날 적잖이 보고되는 질병이다.

PTSD란 병명이 의학적으로 확립된 것은 베트남 전쟁 이후의 일이다. 이 작품이 쓰인 것은 1925년인데 그렇다면 버지니아 울프는 어쩜 그리도 일찍 외상 후 스트레스 장애에 일가견을 가질 수 있었을까? 그녀를 천재의 반열에 올려놓은 이유를 알 것도 같다.

보스니아 전쟁의 악몽을 꾼다는 미군에게 버지니아 울프의『댈러웨이 부인』을 읽었느냐고 했더니 야한 소설이냐고 물어 왔다. 부인이 제목인 소설치곤 조금도 야하지 않다고 대답했다. 그러면 작가가 처녀(Virgin)냐고 다시 물어와 한바탕 웃게 되었다. 차마 그에게 당신의 증상과 똑같은 주인공이 나온단 얘기는 하지 못했다. PTSD의 치료는 환자에 대한 정서적인 지지와 충격을 준 사건에 대해 터놓고 이야기할 수 있는 용기를 주는 것이므로 그를 진료할 의사는 『댈러웨이 부인』을 읽은 사람이었으면 좋겠단 생각을 했다.

버지니아 울프(Virginia Woolf)

1882년 1월 25일 런던의 하이드 파크에서 태어났다. 역사가이자 문예비평가인 그녀의 아버지는 첫 아내와 사별 후 미망인이었던 그녀의 어머니와 재혼하여 일가를 이루었다. 이 부부는 네 자녀를 두었는데 버지니아는 그중 셋째 딸이다. 그러나 전실소생의 자녀까지 합치면 도합 여덟 명의 남매가 함께 자랐다. 13세 때 어머니의 사망을 계기로 우울증세가 시작되어 22세 때에 아버지마저 사망하자 정신이상 증세를 보였다. 25세 때 목요일마다 문학 모임을 하기 시작하는데 '블룸즈버리' 그룹으로 명성이 자자했다. 그때부터 집필활동을 시작하였고 30세에 결혼하였으나 자녀를 두지 않았다. 남편과 함께 출판사를 설립하여 첫 작품 『출항』을 발간하였고 이후 『두 편의 이야기』 『밤과 낮』 『제이콥의 방』 『등대로』 『올란도』 『자기만의 방』 등을 출간하였다. 1928년 『등대로』가 페미나상을 수상하게 된다. 1941년 3월 28일 우즈 강가로 산책 나간 후 돌아오지 않아 그녀의 최후는 자살로 추정한다.

12. 외상 후 스트레스 장애

13. 요독증

단말미의 고통
— 로제 마르탱 뒤 가르 『티보가의 사람들』

어머니의 구순 잔치 날, 일가친척들이 다 모이고 보니 100세 장수 시대가 실감 난다. 희수도 미수도 치른 백발노인들이지만 나이가 무색할 정도로 정정하고 총기가 있는 어르신들이 모두 모이셨다. 포도주잔을 부딪쳐 축배를 하고 촛불을 후후 불며 케이크를 자르고 나서 그분들은 입을 모아 한결같이 이야기한다.

"자는 동안 아무도 모르게 데려갔으면……."

벌써 오래전부터 듣고 또 들었던 그 말 속엔 고통 없는 죽음에 대한 기원이 담겨 있다.

몇 년 전만 해도 자식자랑이나 선물 받은 보석, 모피코트가 화젯거리였다면 이젠 건강과 죽음이 단연 이야기의 핵심이 되었다. 누구라도 죽음 앞에선 똑같은 소망을 갖는가 보다. 잘 죽는 축복이 찾아오기를. 크게 아프지 않고 무섭지 않게 길을 떠날 수 있기를. 특히 치매에 걸려 정신 줄을 놓지 않길, 마지막까지 꼿꼿한 모습으로 하직할 수 있기를…….

그래서 죽음을 의식하지 못하고 잠자는 중에 저세상으로 가는 사람을 가장 큰 복을 받았다며 부러워한다. 그렇다면 큰 복을 받은 선택된 사람만 쥐도 새도 모르게 죽고 선택받지 못한 사람은 큰 고통을 느끼며 죽어야 한다는 말일까?

남에게 잘해주느라 자신을 돌보는데 소홀한 선한 사람이 병들어 노년에 병마에 시달리는 반면, 자신의 몸만 챙기고 질병 없이 건강하게 살다가 자연사한 이기적인 사람에게만 큰 복이 내리는 건 아닐 것이다.

그렇다면 어떤 죽음이 과연 바람직하고 이상적일까? 죽음 앞에 바람직, 또는 이상적이란 수식어가 가능하기나 할까? 정녕 아름답고 여한 없이 세상을 떠나는 길이 있을까? 그런 생각을 하다 단말마의 고통을 절절하게 잘 그린 『티보가의 사람들』을 떠올렸다.

로제 마르탱 뒤 가르가 쓴 대하소설 『티보가의 사람들』은 1904년부터 시작해서 제1차 세계대전이 끝나는 1918년까지의 프랑스가 그 시대적 배경이다.

오스카르 티보 씨는 한때 국회위원직을 역임하고 국가 최고 훈장을 받은 사람이다. 파리의 저택에서 살며 상당한 부를 이룬 자산가로서 사회사업에 관여하고 있다. 집안에는 아들이 둘 있는데 큰아들 앙투안느는 의사이고 그보다 9살 아래로 쟈크가 있다. 아내는 둘째를 낳자마자 사망하였으므로 줄곧 티보씨 혼자 아이들을 키워 왔다. 비록 귀족 출신은 아니지만, 사회적 명망을 얻은 티보 씨는 청소년 선도단체를 운영하고 가톨릭 자선사업에 관여하고 있다. 매우 권위적이고 명예욕이 높으며 부르주아 계급을 대표하는 인물로 가톨릭의 맹신자이다.

그 티보 씨가 병석에 누워있다. 이미 한쪽 신장의 기능이 사라졌고 남은 한쪽 신장도 건강하지 않다. 요독증의 증상이 전신에 서서히 퍼지고 있다. 내과 의사인 큰아들 앙투안느가 그 누구보다 정성을 다해 보살피고 있다. 그러나 아버지가 이제 마지막임을 절감하고 있다.

환자는 불안과 신경통에 시달리고 있다. 통증은 넓적다리 뒤를 도려내는 듯하다가 몸 전체로 번지는가 하면 돌연 칼로 쿡 찌르는 것같이 허리 언저리, 슬개골, 발목까지 퍼져 급소에 심한 동통을 느끼게 한다.

수녀가 겨자찜질과 관장을 해주지만 별반 도움이 되지 않는다. 욕창 부위는 번지고 체온이 38.9도로 상승한다. 기침과 구역질도 멈추지 않는다.

"몹쓸 년! 빌어먹을 년! 더러운 년!……에이, 망할 년! 잡년"

티보 씨는 혼미한 정신 가운데에 누구에게 하는지 모를 욕설을 내지른다.

의사에게는 살려달라고 매달리고 신부에게도 무섭다고, 죽고 싶지 않다고 애원한다. 어린 시절의 동요를 떠올려 부르기도 한다.

신장이 멈춰 24시간 이상 배뇨가 되지 않자 상황은 매우 심각해진다. 투병도 이제 마지막인 것 같다. 매우 격렬한 발작이 세 번에 걸쳐 반복되더니 드디어 네 번째로 접어든다.

그것은 끔찍한 일이 닥쳐올 것을 예고하는 것이다. 지금까지보다 발작의 심도가 열 배는 더 되는 것 같다. 호흡이 불안정하고 얼굴은 온통 충혈되고 눈은 반쯤 튀어나왔다. 팔은 수축하여 접힌 나머지 두 손이 보이지 않는다. 그리고 턱수염 밑에 두 손목이 오그라들어 마치 제대로 발육이 안 된 아이의 몸같이 보인다. 사지는 경련을 일으키며 떤다. 근육은 뻣뻣해져 당장에라도 터질 것만 같다. 뻣뻣해져 있는 상태가 이렇게 오래 지속되기는 처음이다. 시간은 자꾸 가는데 격렬함은 가라앉지 않는다. 얼굴은 꺼멓게 변한다.

앙투안느는 이번에야말로 죽음이 가까이 온 것을 감지한다. 헐떡이는 소리가 거품을 물고 있는 입술 사이로 계속 흘러나온다. 갑자기 두 팔이 축 늘어진다. 이번에는 몸부림치기 시작한다. 몸부림이 어찌나 격렬한지 그 광란을 누르기 위해서는 정신과 환자들에게 입히는 구속복이라도 사용해야 할 것 같다.

앙투안느와 자크는 늙은 수녀와 하녀의 도움을 받아 미쳐 날뛰는 환자의 손발에 매달린다. 이리저리 휘둘리고 휘청거리며 마치 축구 할 때의 스크럼 모양, 서로 부딪치고 야단법석이다. 먼저 하녀가 붙잡고 있던 다리를 놓친다. 그러나 다시 잡을 수가 없다. 늙은 수녀도 그의 몸부림에 나동그라져 중심을 잃는다. 그때 다른 장딴지가 손에서 빠져나간다. 두 다리가 자유로워지자 발버둥치기 시작한다. 뒤꿈치의 껍질이 벗겨지면서 침대 틀을 피로 물들인다. 두 아들은 땀으로 온몸을 흠뻑 적신 채 헐떡이며, 갑자기 뛰어오르다가 매트 밖으로 뛰쳐나가려는 이 거대한 육체를 움직이지 못하게 하려고 단단히 붙든다.

발작은 그칠 사이 없이 계속된다. 안면 근육의 끊임없는 경련과 중독으로 인한 부기가 얼굴을 완전히 일그러뜨려 환자의 모습을 거의 알아볼 수 없는 정도가 된다. 이렇게 고통스러워하면서도 숨은 쉽게 끊어지지 않는다.

"형! 이 상태로 아버지를 내버려둘 수는 없잖아!"

견디다 못한 자끄가 앙투안느에게 묻는다.

앙투안느는 고개를 끄덕인다. 언제부터인가 호주머니 안쪽에 넣고 다니던 모르핀 병을 만지작거린다. 깊은 밤 자끄 외에 아무도 보지 않을 때에 아버지에게 주사한다.

"움직이지 마세요……편안하게 해드릴 테니까, 아버지…….

모르핀이 환자의 통증을 줄일 수는 있지만, 배설 기능을 악화시켜 치사제로 작용할 수 있다는 걸 앙투안느는 누구보다 잘 알고 있었다.

티보 씨는 이 치명적인 마비제로 인해 숙면을 동반한 편안함이 찾아드는 듯하다. 그는 수녀를 불러달라더니 헐떡거리는 소리로 마지막 힘을 모아 소리를 낸다.

"오, 주--여……저는 슬픈 마음으로……당신 앞에 나옵--니다."

숨을 거두는 환자의 입은 여전히 열려 있다.

*　　*　　*

이렇게 오스카르 티보 씨는 세상을 떠났다. 살아서는 부와 권력을 누렸고 자선사업 등 사회 활동으로 존경도 받았지만 그가 맞은 최후는 처참하다. 요독증이 가져다준 통증의 정도가 차마 눈 뜨고 볼 수 없을 만큼 고통스러웠으리라 느껴진다.

요독증이란 콩팥의 기능이 나빠졌을 때 노폐물이 배출되지 못해 겪는 증상들이다. 이렇게 콩팥 기능을 저하시키는 원인은 다양하다. 당뇨병이나 고혈압, 신장 결핵, 만성 사구체신염, 유전성 질환들이나 혈관염증 등등.

이들 질병의 결과 콩팥이 작동을 멈추었을 때 오줌으로 배설되어야 할 물질들이 신체 여러 장기에 축적되므로 각 기관의 기능에 장애를 일으킨다. 예를 들어 수면 장애, 두통, 의식 장애. 지남력 장애, 착란, 경련, 혼수와 같은 중추신경계 이상이나 딸꾹질, 사지 저림, 자각 이상, 무기력감, 작열감 같은 말초신경계 이상이 동반되고 현기증, 기립성 저혈압, 땀과 타액의 감소 등의 자율신경계 이상도 나타난다. 그 밖에도 심장이나 위장관, 내분비계, 피부에까지 총체적인 타격을 입히므로 요독증은 온몸을 망가뜨리는 것이다.

이 작품 중의 티보 씨는 이 모든 증상을 다 보여준다. 일반적으로 요독증이 지각을 마비시켜 오히려 편안한 마지막을 누리게 할 수도 있는 반면 티보 씨처럼 경련 형태로 증상이 나타나면 극심한 통증을 느끼는 것이다. 그래서 티보 씨는 고함을 치고 신음을 멈추지 못한 것이다. 이를 곁에서 지켜보는 사람들도 고통스럽다. 두 아들 중 의사 앙투안느가 아버지의 고통을 보다 못해 요독증에 치명적인 모르핀을 주사함으로써 한순간이나마 빨리 죽음을 맞도록 도와드린다.

이 작품이 쓰인 1940년대만 해도 요독증은 이토록 무시무시한 병이었다. 그리고 많은 사람의 사망진단서에 사망원인으로 그 이름을 올리는 병이었다. 그러나 참 고맙게도 요즘은 신장이식과 투석 치료가 개발되어 콩팥이 상한 환자들이 이렇게까지 극심한 통증은 겪지 않게 되었다.

나는 아직 구체적으로 죽음을 생각해 본 적이 없어 단말마(斷末魔)란 남의 이야기만 같다. 말마는 산스크리트 마르만(marman)의 발음을 그대로 옮겨 쓴 것으로 육체의 치명적 부분, 즉 급소를 의미한다. 이 말마를 자르면 죽음에 이른다고 하며, 말마를 얻어맞으면 발광(發狂)한다고도 한다. 인간이 죽기 바로 직전 빈사 상태에서 괴로워하는 것을 '단말마의 고통'이라고 부르는 것이다. 작품 중에 신부가 고통스럽게 죽어가는 티보씨를 측은하게 여겨 이렇게 위로하는 장면이 나온다.

"예수님께서도 단말마의 고통과 피의 노고를 경험하셨습니다. 예수님께서도 어느 한순간, 아주 짧은 순간, 아버지이신 하느님의 뜻을 의심한 적이 있었습니다. '엘리, 엘리, 라마 사바타니! 나의 하느님, 나의 하느님! 어찌하여 나를 버리시나이까?……' 잘 생각해 보세요, 형제여, 당신의 고통과 주님의 고통 사이에는 감격스러운 일치점이 있지 않습니까?"

신의 아들조차도 단말마를 겪어야 했다는 신부의 말이 위로가 될 것 같기도 하다. 인간의 숨이 끊어질 때의 고통, 언젠간 기필코 찾아올 나의 죽음을 어찌 대면할지 또 다른 숙제가 생긴 셈이다. 하지만 그건 오늘은 함박 웃는 보름달이지만 때가 되면 이지러지는 그믐달을 봐야 하듯 내 죽음도 그냥 지켜볼밖에 달리 도리가 없을 것 같다.

13. 요독증

로제 마르탱 뒤 가르(Roger Martin du Gard)

1881년 3월 23일 프랑스의 파리에서 출생했다. 1·2차 바칼로레아를 거쳐 파리 고문서 학교에 입학하고 고문서학 학위 취득했다. 1907년 첫 소설 『생성』을 출간하여 문단에 등장하였고 세계 제1차 대전에 참전하였다. 1920년부터 19년간 여덟 편의 연작 소설인 『티보가의 사람들』을 집필하였고 그로써 1937년 노벨 문학상을 받았다. 1958년 8월 22일 심근경색으로 사망하여 니스 시미에 묘지에 안장되었다. 주요 저서로는 『장 바루아』 『아프리카의 비화』 『침묵자』 『오래된 프랑스』 등이 있다.

14. 아구창

곰팡이의 공격
— 귀스타브 플로베르 『감정 교육』

사람들은 심한 통증을 산고(産苦)에 견주어 표현하곤 한다. 출산할 때 산모가 겪는 진통을 가장 견디기 힘든 고통으로 치는 것이리라. 하지만 내 생각에 그보다 더 고약한 아픔이 있으니 그것은 바로 젖몸살이다. 출산 후 부기가 빠지지 않아 가뜩이나 부스스한 몰골에다 기분은 우울로 치달을 때 양쪽 젖가슴이 딱딱하게 부풀어 오르면 마치 맷돌이 매달린 것처럼 숨쉬기가 거북해진다. 체온까지 급상승하여 이를 딱딱 부딪치며 떨게 되는 이때야말로 총체적 고통을 겪는 순간이다.

이런 혹독한 경험 때문에 젖몸살을 앓는 환자가 찾아오면 매양 특사 대접을 해준다. 얼마 전에도 양쪽 가슴이 벌겋게 부은 산모가 진료실에 들어섰다. 한눈에 보기에도 심한 유선염이었다. 항생제 주사와 소염진통제를 처방해 주었는데 이틀 후 내원했을 땐 이상하게도 염증은 더욱 악화되어 있었다. 그땐 갓난아기도 업고 함께 왔다. 젖을 물리지 못하니 아이가 하도 보채서 데려왔다고 했다. 아이는 낯선 내 얼굴을 보자 울음을 터뜨렸다. 그런데 활짝 벌린 아이의 입 사이로 입천장에 낀 하얀 백태가 눈에 번쩍 뜨이는 게 아닌가.

아뿔싸! 아이의 입에 아구창이 생긴 것이다. 그렇다면 산모의 젖몸살은 곰팡이에 의한 것인데 항생제를 투여하여 상태를 악화시킨 것임이 틀림없었다. 곰팡이 감염에다 항생제를 쓰면 더욱 나빠지기 마련인데 아이에게 아구창이 생긴 걸 생각하지 못했던 무능한 의사를 원망이라도 하듯 아이는 점점 소리 높여 울었다. 부끄러움을 모면해 보려고 아기의 눈길을 피하다가 문득 아구창이 등장하는 소설이 생각났다. 바로 귀스타브 플로베르의 『감정 교육』이다.

*   *   *

아이는 처음부터 태어나지 말았어야 했다.

프레데릭은 아이를 보며 큰 슬픔을 느꼈다. 적법치 못한 아이의 출생이 평생 아이를 짓누르리란 걸 생각하면 아버지로서 가슴이 메었다.

"가엾은 것!"

아이는 주인공 프레데릭 모로와 파리의 고급 창부 로자네트 사이에 생긴 아들이었다. 사생아로 무작정 세상에 나온 이 아이는 사람들 눈을 피해 시골에다 유모를 구해 맡겼다. 부모는 매주 아이를 보러 갔다. 그러다 아이의 상태가 극도로 나빠져 파리로 데려오게 되었다.

아이의 몸은 너무나 야위었고, 하얀 점들이 입술을 뒤덮었고, 입 속은 우유가 엉겨 붙은 것 같았다.

"의사는 뭐래?" 프레데릭이 물었다.

"아, 그 의사 하고는! 뭐라더라, 그 병명이. 아…… 그래, 아구창이래. 그게 뭔지 알아?" 로자네트가 대꾸했다.

"물론이지." 프레데릭이 얼른 대답했다. 그리고 아무것도 아니라고 덧붙였다.

하지만 저녁이 되어 아이가 점점 기력이 떨어지자 프레데릭은 더럭 겁이 났다. 곰팡이 같은 희끄무레한 반점들이 퍼진 그 가엾은 육신은 그저 식물이나 자라날 수 있는 덩어리로 남겨진 것 같았다. 아이의 손은 차가웠다. 이제는 물도 마시지 못했다. 로자네트는 꼬박 밤을 새웠다. 아침이 되었을 때 프레데릭에게 말했다.

"와서 좀 봐, 애가 이젠 꼼짝도 하지 않아."

14. 아구창

163

아닌 게 아니라, 아이는 이미 죽어 있었다.

그렇다면 프레데릭은 어쩌자고 사랑하지도 않는 여자와 아이까지 만든 것일까?

1840년, 18세가 되던 그 해에 프레데릭은 한 여인을 만나게 되었다. 대학입학 자격시험에 합격하고 백부에게 다녀오던 중이었다. 그녀는 배의 갑판 위에서 수를 놓고 있었다. 그녀를 보는 순간 프레데릭은 마치 유령을 본 듯싶었다. 그녀의 시선에 눈이 부셔 다른 것은 아무것도 눈에 들어오지 않았다. 그렇게 찬연히 빛나는 갈색 피부, 매혹적인 몸매, 빛이 통과할 듯한 섬세한 손가락을 이전에 그는 본 적이 없었다. 그녀는 사업가 아르누 씨의 부인으로 일곱 살짜리 딸을 둔 엄마였다.

그날 이후로 프레데릭은 오직 그녀 생각뿐이었다. 거의 미친 사랑이라고나 할까? 고향 노장을 떠나 파리에서 법과대학을 다니는 동안 그는 오로지 아르누 부인을 다시 만날 생각에만 골몰했다. 아르누가 운영하는 '산업 예술' 매장에 들락거려 보지만 부인을 만날수는 없었다. 밤이면 아르누의 집 창문에 어른거리는 그녀의 그림자를 올려다보곤 했다. 오랜 염원 끝에 비로소 아르누의 집에 초대받은 날이 왔다. 아르누 씨와 친분을 쌓으려는 노력의 결과였다. 그파티에서 아르누 부인은 노래를 불렀다. 콘트랄토인 그녀의 음색에 매료된 프레데릭은 그날 밤 이후 그녀를 사랑하는 감정을 다시 확인하게 되었다.

그는 아르누 부인에게 다가가기 위해 '산업 예술' 매장에서 미술 작품들을 정신없이 사들이고 목요일마다 열리는 아르누 파티에 참석하면서부터 몸치장에 돈을 물 쓰듯이 썼다. 아버지를 일찍 여의고 얼마 되지 않는 유산 상속으로 근근이 생계를 꾸려가는 프레데릭의 형편으로선 가당치 않은 일이었다. 프레데릭과 가장 가까운 친구 데로리에가 곁에서 주의를 시키지만 그에 귀엔 아무것도 들리지 않았다. 대학에 재학 중인 그는 낙제를 하고 말았다.

그런데 프레데릭이 그토록 사랑하는 여인이건만 그녀 앞에선 제대로 감정을 표현하지도 못했다. 오직 생각 속에서만 그녀의 허리를 두 팔로 안아보며 행동에 옮기지 못하는 자신을 저주하고 고뇌하며 숨이 막히곤 했던 것이었다.

아르누 부인의 명명일에 초대되어 갔었을 때 프레데릭은 천박한 취향에다 여자 문제가 복잡한 아르누 때문에 그녀가 고민을 하고 있다는 것을 알게 되었다. 아르누 부인의 눈물을 보게 된 그 날부터 프레데릭은 열심히 공부하기 시작해서 당당히 박사학위 논문 심사를 통과했다. 그리고 고향에 내려갔다.

집에 도착했을 때 프레데릭의 어머니는 뜻밖에도 경제적으로 파산에 이르렀다는 이야기를 꺼내며 그에게 취직을 하라고 간청을 했다. 아버지의 유산이 예상보다 형편없이 적단 사실에 경악한 프레데릭은 파리로 되돌아갈 생각을 하지 못했다. 아르누 부인 앞에 초라한 행색을 보일 순 없었던 것이다. 그러다 백부가 유언 없이 사망했기 때문에 프레데릭이 거액의 상속을 받게 되었다. 힘을 얻은 프레데릭은 장관이 되겠단 풍운의 꿈을 안고 파리로 되돌아갔다. 3년 만이었다.

프레데릭은 그동안 사업에 거듭 실패한 아르누를 쉽게 찾을 수 없었다. 우여곡절 끝에 만난 아르누는 새롭게 도자기 사업에 손을 대고 있었다. 또 그 사이 그들 부부에겐 아들이 태어났다.

부자가 된 프레데릭은 당시 파리에서 거부로 소문난 은행장 당브뢰즈 집에 드나들며 사업과 정치에 대한 견해를 주고받았다. 프레데릭에겐 출세할 절호의 기회가 여러 차례 있었다. 은행장이 손을 써서 정치계에 입문시켜 주려 했었고, 큰돈을 벌 수 있는 투자 정보도 알려주었다. 그러나 그때마다 프레데릭은 아르누 부인에게 가야하는 일 때문에 기회를 날려버리곤 했다. 더욱이 신문을 발행하는 친구들이 정치적 기반을 다지기 위해 투자하라고 도움을 청했을 때, 철석같이 약속해 놓고도 땅을 팔아 마련한 그 돈을 아르누의 부도를 막는데 써버리고 말았다. 오로지 아르누 부인이 어려워지는 걸 막고자 한 일이었다. 그 때문에 친구와의 사이도 틀어지고 나중에 프레데릭이 국민의회 선거에 나갔을 때 발목을 잡히는 일로 작용하게 되었다. 신의가 없는 사람이라는 낙인이 찍힌 것이었다.

1848년 7월 혁명을 앞두고 사회 정세가 어수선한 시기였다.

한번은 프레데릭이 아르누 부인에게 진심을 토로한 적이 있었다. 그는 무거운 내면의 무게에 눌려 쓰러지며 저도 모르게 무릎을 꿇었다.

"내가 이 세상에서 할 게 무엇이 있겠습니까? 다른 이들은 부를, 명성을, 권력을 잡으려 애를 쓰지요! 나는 직업도 없고, 오로지 당신만이 나의 관심사이자, 내 모든 재산이요, 내 목적, 내 삶과 사고의 중심입니다. 하늘의 공기가 없으면 살 수 없듯, 난 당신 없이는 살 수 없습니다! 내 영혼이 당신의 영혼을 향해 던지는 그 열망을, 그리고 두 영혼이 하나가 되어야 한다는 것을, 그로 인해 내가 죽을 지경이라는 것을 느끼지 못하시나요?"

아르누 부인은 그의 고백에 온몸을 떨었다. 정숙하고 단정한 그녀로서는 프레데릭의 진심을 외면하고 지낸 셈이었다. 그 후로 둘은 차츰 더 깊은 속내를 나누게 되었다. 마침내 프레데릭은 그녀와 정사를 벌이려는 계획을 실천에 옮겼다. 거리에 방을 구해 침대와 커튼을 새로 해 달고 슬리퍼까지 구비해 놓았다. 그녀와 산책을 하다가 비가 내린다거나 햇볕이 뜨겁다는 이유로 그곳에 데려갈 작정이었다. 그가 그녀와 만나기로 약속된 날 아르누 부인의 어린 아

14. 아구창

들이 심하게 앓으며 호흡이 곤란해졌기 때문에 부인은 아들 곁을 떠날 수 없게 되었다. 더욱이 파리에선 폭동이 일어나 연락을 취할 수도 없었다.

프레데릭은 약속 시간에 나타나지 않은 아르누 부인 때문에 실망과 분노에 사로잡혀 그녀를 위해 마련한 방에 로자네트를 데리고 들어갔다. 로자네트는 원래 아르누가 돈을 대주던 창부였는데 프레데릭에게 소개해주었던 것이다. 그날 밤을 함께 지내고 새벽이 되었을 때 프레데릭은 베개에 얼굴을 파묻고 흐느꼈다. 로자네트가 우는 이유를 묻자 프레데릭은 행복에 겨워 그런다고 둘러댔다. 아르누 부인이 그리워 그런다고 말할 수는 없는 노릇이었다.

그날부터 프레데릭은 로자네트와 본격적으로 가까워져 아들까지 낳았고 병약한 그 아이는 아구창에 걸려 일찍 사망한 것이었다.

한편 아르누 부인이 약속 장소에 나타나지 않아 큰 상처를 받은 프레데릭은 과감하게 은행장 당브뢰즈의 아내를 유혹하기 시작했다. 수완 좋고 사교적인 은행장의 아내도 훤칠하고 잘생긴 프레데릭에게 반하게 될 무렵 공교롭게도 은행장이 급작스레 죽고 말았다. 7월 혁명의 결과로 부르주아에게 모든 것이 불리하게 돌아가게 되어 생긴 스트레스가 그 원인으로 작용했으리라. 은행장의 아내와 프레데릭은 결혼을 약속하고 청첩장을 인쇄했다. 고향집의 노모뿐만 아니라 평소 프레데릭을 연모했던 고향의 이웃집 처녀 루이

즈에게도 충격적인 일이 아닐 수 없었다.

그때 프레데릭은 아르누의 사업이 폭삭 망했단 소식을 듣게 되었다. 당장 얼마간의 돈이라도 절실한 상황이었다. 프레데릭은 결혼을 약속한 은행장의 미망인에게 그 돈을 꿔달라고 부탁했다. 그녀는 프레데릭이 다른 여자에게 마음을 주고 있다는 점을 의심하면서도 요청한 금액을 내주었다. 프레데릭은 돈을 들고 아르누 씨 집으로 달려갔지만 아무도 만날 수 없었다. 부도 때문에 야반도주했다는 이야기만 전해 들었을 뿐이었다. 은행장 부인은 프레데릭이 아르누 부인을 사랑한다는 걸 비로소 알아채고 보복하는 심정으로 아르누가 남기고 간 세간을 경매에 부쳐버렸다. 그리고 우연인 척 프레데릭을 데리고 경매현장을 찾아가 아르누 부인의 물건 중의 은궤에 입찰을 했다. 프레데릭은 아르누 부인의 체취가 묻은 물건들이 경매에서 함부로 다뤄지는 것을 못 견뎌 하며 은행장 부인을 거듭 만류했다. 그러나 그녀는 최고입찰가격을 불러 그 은궤를 차지한 것이었다. 프레데릭은 그녀의 그런 행태가 괘씸한 나머지 결혼이고 뭐고 결별을 선언하고 돌아섰다.

그 무렵엔 고향의 지참금 많은 처녀 루이즈도 프레데릭의 친구 데로리에가 신랑 자리를 꿰차고 결혼식을 올린 마당이었다. 이제 프레데릭 곁에 아무도 남지 않았다. 백부에게 물려받았던 거액의 유산도 아르누 부인을 위한답시고 무의미하게 탕진하고 남은 돈으

14. 아구창

로 근근이 지내게 되었다. 그의 최초의 꿈은 작가였는데 이룬 것이라곤 아무것도 없었다.

세월이 흘러 20년쯤 지난 후에 프레네릭이 사는 곳에 아르누 부인이 찾아왔다. 시골에 파묻혀 검소하게 지낸다는 그녀는 꼭 한번 프레데릭을 만나 지난날의 빚을 갚고 싶었다며 손수 수놓은 지갑을 건네주었다. 그녀는 마지막으로 프레데릭에게 몸을 내어줄 작정으로 온 것 같았다. 프레데릭은 그녀 앞에 또다시 무릎을 꿇고 말했다.

"당신이란 사람, 당신의 아주 작은 몸짓까지도 내게는 이 세상에서 무척이나 중요합니다. 내 마음은 당신이 내딛는 걸음마다 마치 먼지처럼 일어납니다. 당신은 내게 여름밤의 달빛과도 같고, 그때 모든 것은 향기요, 달콤한 그림자이며, 하얀빛으로 무한합니다. 당신의 이름만 들어도 육체와 영혼의 기쁨이 그 안에 깃든 것 같아 나는 내 입술 뒤에서 당신의 이름에 입을 맞추려 애쓰며 당신의 이름을 되뇌고는 했습니다. 그 이상은 아무것도 상상하지 않았습니다. 아르누 부인, 당신은 있는 그대로 두 자녀가 있고, 다정하며 진지하고, 눈이 부실 정도로 아름답고 너무나 선량하십니다! 그 모습에 다른 모습들은 지워지고 말지요. 내가 다른 모습을 생각이라도 해보았을까요! 왜냐하면 내 마음 깊숙이 언제나 음악 같은 당신의 목소리가 울리고 당신의 눈이 찬란히 빛나니까요!"

이런 고백을 전하며 프레데릭은 그녀와 순결하고도 아름다운 작별을 나누었다.

작품의 마지막은 프레데릭과 데로이에가 과거를 회상하는 장면으로 장식한다. 데로이에는 프레데릭을 짝사랑했던 루이즈와 억지스럽게 결혼했지만, 그녀가 마을을 순회하는 가수와 떠나버렸기 때문에 그 역시 혼자 몸이 되었다. 그 둘은 고등학교 시절 사창가를 처음 찾아갔을 때를 떠올렸다. 꽃다발까지 들고 터키 여인의 집을 찾아갔으나 지나치게 흥분한 나머지 그냥 되돌아 나왔던 그때가 인생에서 가장 좋았단 이야기를 나누며 끝을 맺는다.

*　　*　　*

작품 제목은 「감정 교육」이지만 작가는 아무것도 가르치지 않았다. 한 여인을 만나 온 젊음을 바쳤으나 도무지 사랑을 이룰 순 없었다. 프레데릭은 사랑하는 그 하나의 감정 때문에 인생의 우여곡절을 겪게 되었다.

여타의 소설에선 주인공은 영웅적이거나 크게 성공하거나 무언가 대리만족을 가져다줄 만큼 호쾌한 사건을 보여주곤 하지만, 이 작품의 주인공은 끊임없이 실패하고 지지부진 뒷걸음질하고 남겨진 유산조차 간수하지 못하고 초라한 삶을 이어나간다는 점에서 특이하다 말할 수 있겠다. 번듯한 외모에다 학식 있고 교양 있고 재산까지 갖춘 프레데릭은 꿈꾸었던 그 무엇 하나 이루지 못하고 직업도 없이 그저 그렇게 삶을 영위하는 모습을 보여주었다. 오직 그를 지배했던 것은 어느 유부녀에 대해 이룰 수 없는 사랑이란 감정이었는데 누가 그런 프레데릭에게 감히 손가락질을 하랴! 현실을 살아가는 우리야말로 무엇 하나 제대로 이루지 못하고 지리멸렬한 삶을 살아야 하는 것 아닌지.

소설 속의 사랑은 지나치게 허구라고 말하는 사람도 있지만, 어찌 프레데릭 같은 사람이 현실 속에 없다 할 수 있을까? 사랑만큼 인간을 크게 지배하는 감정이 어디 있겠으며 사랑만큼 소중한 감정이 달리 또 어디 있겠는가.

플로베르는 이 작품을 통해 당시 프랑스 사회의 도덕의 역사를 기록하고자 했다고 말했다. 19세기 혁명기 사회에서 부와 명예와 권력에 치우친 사람들의 감정을 낱낱이 파헤쳐 보였던 것이다. 이 작품의 시대적 배경은 1848년 루이 필립을 타도한 혁명으로 프랑스 왕국의 종말을 가져온 그 무렵이다. 왕당파와 공화주의자가 빈번히 대립하는 장면이 나온다.

작품 전체를 보면 아주 작은 부분을 차지하지만 프레데릭의 사생아 아들이 아구창으로 사망하는 장면은 매우 인상적이다.

아구창이란 곰팡이가 입속에 피어나는 병이다. 곰팡이 중에서 캔디다 알비칸스(Candida albicans) 균주가 침범한 것으로서 에이즈나 말기암 환자처럼 면역성이 떨어진 경우에 쉽게 감염된다. 신생아의 젖병 소독이 제대로 되지 않아 걸리기도 하는데 오늘날엔 곰팡이 치료제가 개발되어 위험한 질병이 아니지만, 이 작품이 나온 1860년경엔 아구창으로 생명을 잃기도 했을 것이다. 곰팡이가 병을 일으킨다는 사실은 히포크라테스 시절부터 알려졌었고 입속 뿐 아니라 전신 어느 곳에도 침범할 수 있다. 이 작품에서처럼 신생아의 경우는 철저한 젖병 소독으로 예방할 수 있는데 단지 청결로만 질병을 막을 수는 없고 프레데릭의 아이는 지독히 쇠약했던 것이 아닌가 싶다. 사생아로 태어난 그 아이는 부모로부터 버림받은 것만 같아 가엾다는 느낌이 오래오래 남는다.

귀스타브 플로베르(Gustave Flaubert)

1821년 프랑스 루앙에서 태어나 법학을 공부하다 신경 발작이 생겨 학업을 그만두고 작가의 길을 걷게 된다. 25세에 『감정 교육』을 완성했지만 사망 후 30년 후에야 출판된다. 36세 때 『마담 보바리』로 '공중도덕 및 종교 모독죄'로 기소당했으나 무죄 판결을 받는다. 평생 독신으로 지냈으며 동시대 작가인 모파상, 에밀 졸라, 알퐁스 도데, 투르게네프 등에게 큰 영향을 미친다. 주요 작품으로는 『성 안투완느의 유혹』 『살람보』 『부바르와 페퀴셰』 등이 있다. 1880년 뇌일혈로 60세의 생을 마감하고 루앙시의 기념 묘지에 묻혔다.

15. 진전섬망증

배를 버리고 달아난 선원은 그 후 어찌 살았을까?

― 조셉 콘래드 『로드 짐』

지난봄 우리에게 크나큰 불행이 닥쳐왔다. 세월호가 진도 앞바다에서 침몰하여 많은 생명을 잃었고, 사고 이후 재난구조 시스템과 재난본부의 무능력 등 우리 사회의 총체적 문제점들이 속속들이 떠올랐다. 그 아픔이 채 가시지 않았는데 또다시 그때의 고통을 상기시키는 이 작품을 소개하는 것이 경솔한 짓은 아닐는지 모르겠다. 하지만 이 글을 쓰는 이유는 그 사건을 더 깊이 이해하고 애도하려는 것이란 걸 이해해 주었으면 좋겠다. 여느 사건처럼 삽시간에 잊히지 않기를, 우리에게 두고두고 교훈이 되기를, 그리고 희생자들에 대한 추모의 심정으로 쓴 글로 읽어주었으면 하는 바람을 갖는다.

한 배에 탄다는 것은 운명을 같이 한다는 공동체라고 생각하기 마련이다. 그런 상황에서 무조건 나 하나만 살고 보자는 얄팍한 생 긱을 가진 사람이 있다고 하자. 더욱이 그가 선원의 직책을 맡은 사람이라고 한다면. 과연 그가 인간의 도리를 지키는 삶을 사는 건지 이 작품 안에서 그 해답을 찾을 수 있을 것이다.

* * *

주인공 짐은 영국이 고향이다. 그는 목사 집안에 다섯째 아들로 태어났다. 짐은 어릴 때부터 바다를 동경하여 선원 양성소를 거쳐 항해사 자격증을 딴다. 집안에서는 선원 아들을 자랑스럽게 여 긴다.

첫 항해로 짐은 파트나호를 탄다. 일등 항해사 자격으로 선장을 보좌하는 일을 맡은 것이다. 파트나호는 일생에 한 번은 성지순례 를 다녀와야 하는 회교도들을 싣고 싱가포르에서 메카까지 운행하 고 있지만 노후하고 부식된 배이다. 거기에 800명의 순례자들이 탑 승하고 승무원은 5명의 백인들이다. 선장은 독일계 호주인으로 역 겨우리만치 비만하고 선장으로서 저지를 수 있는 온갖 비리에 연루 된 파렴치한 인물이다.

배가 홍해를 지날 무렵 짐은 야간 당직 시간을 10분 남겨두고 갑판에 서 있었다. 기관장은 술에 취해 깊은 잠에 빠져 버렸고, 2등 기관사는 기관장이 나눠 준 술을 마시고 술주정 끝에 선장에게 불만을 퍼붓고 있었다. 그때 갑자기 배가 무언가와 충돌하는 소리가 들렸다. 배가 좌초된 것이다.

선장은 승객들이 사고가 난 줄 알면 집단 패닉상태로 폭동을 일으킬 우려가 있으니 아무도 깨우지 말라고 짐에게 당부한다. 짐이 생각하기에도 파트나호가 구비한 구명정은 겨우 7대뿐이니 800명의 승객을 구할 도리가 없어 보인다.

선장은 구명정을 꺼내 탈출하려고 전력을 기울인다. 기관장과 2등 기관사도 구명정을 내리고 매달려 있는데 2등 기관사는 그 와중에 팔이 부러져 고통을 호소하고 있다. 평소 심장이 좋지 않았던 3등 기관사는 구명정을 떼어내려 힘을 쓰다가 그만 숨지고 만다.

짐은 승무원들이 배를 버리고 도주하려 발버둥 치는 모습을 비웃으며 조력하지 않는다. 자신은 그들과 확연히 다른 사람이라고 여긴다. 그런데 그들이 구명정을 떼어내어 탈출하면서 짐을 3등 기관사인 줄 착각하고 배에서 뛰어내리라고 애타게 소리칠 때 짐은 자신도 모르게 뛰어내린다. 자신의 의지와는 달리 구명정에 올라타게 된 것이다.

깊은 어둠 속에서 스콜 구름이 몰고 온 소나기를 맞으며 항해사 4명이 탈출하고 있는 것이다. 배를 버리고 800명 승객의 생명을 저

버린 채.

어둠 속에서 짐을 알아본 선장과 기관사들은 짐에게 3등 기관사를 죽이고 대신 올라탄 게 아니냐며 시비를 건다. 짐은 자신이 비록 같은 구명정을 타고 있어도 여전히 자신을 그들과 다른 부류의 사람이라고 자부한다. 그도 그럴 것이 그들은 구조될 때를 대비하여 사건의 경위를 조작하려 애쓴다. 배를 구할 사이도 없이 구명정을 내리자마자 파트나호가 침몰한 것이라고…….

가까운 해안에 구명정이 도착하자 곧바로 해안 당국에 인계되어 조사를 받게 된다. 당국에선 그들에게서 나는 비린내를 감지하고 있다. 어이없게도 그들이 버린 파트나호는 침몰하지 않았던 것이다. 이리저리 떠다니다 프랑스 군함에 의해 구조되어 800명의 승객이 전원 무사히 생존할 수 있었다. 그러나 멀쩡한 배를 버리고 도주한 승무원이라니…….

육지에 오르자 선장은 대기시켜 놓은 마차를 타고 도주해버린다. 팔이 부러진 2등 항해사는 아프다고 우겨 병원으로 간다. 또 다른 기관장 한 명은 부둣가의 술집에 은닉하여 온종일 술을 퍼마신다. 하루에 브랜디를 네 병씩 마셔대며 꼭꼭 숨어 있다. 그러다 숙소에서 지네가 기어 나오는 바람에 비명을 지르며 바깥으로 나온다. 하지만 그는 병원으로 실려 가고 만다. 쉬지 않고 헛소리를 내뱉었기 때문이다. 그가 지껄이는 이야기의 내용은 이랬다.

"배에는 두꺼비들이 가득 타고 있었지요. 그래서 우리는 아주 은밀하게 배에서 빠져나와야 했답니다. 온통 분홍, 분홍색이었지요. 크기가 마스티프 종 개만 했고 머리 꼭대기에 눈이 하나 달려 있었고 흉측한 주둥이 주위는 온통 집게발들이 있었다고요."

"쉿! 조용히 가만히 계세요. 나는 이곳에서 오랫동안 굴러먹은 사람이라고요. 나는 그 짐승 같은 놈들을 잘 알아요. 맨 먼저 동요하는 놈의 머리를 후려쳐야지요. 그런데 그들이 수는 너무 많고 배는 십 분 이상 떠 있을 것 같지가 않군요."

"모두 잠이 깼군, 수백만 명이야. 그들이 나를 짓밟고 있다고. 기다려! 오 기다리라니까! 마치 파리 떼처럼 무더기로 그들을 후려쳐야지. 날 기다리라고! 도와줘! 도와다알라아고!"

그는 병원에서 진전섬망증(振顫譫妄症)이란 진단을 받는다. 이렇게 정신 착란증을 보이자 기관장 역시 조사를 받을 수가 없게 되었다. 선원 4명 가운데 결국 짐 혼자 법정에 선다. 짐은 스스로 자부하는 젠틀맨이니만큼 떳떳하게 조사에 임한다. 어떻게 그렇게 수치스런 재판을 받느냐고 주변 사람들이 딱하게 여겨 선장처럼 도망치라고 자금을 마련해 주어도 그는 죗값을 달게 받겠다는 태도를 고

수한다. 결국 짐에게 항해사 자격증 박탈이라는 선고가 내려진다. 법정에서 심판원을 맡았던 또 다른 선장의 이야기를 들어보자.

"최악의 문제는 자네들 모두가 존엄성이 무언지 모른다는 거야. 자네들은 마땅히 지켜야 할 본분을 중요시하지 않고 있어. 이건 명예를 더럽히는 짓이야. 우리 중에는 온갖 인간들이 있고, 그 중의 몇몇은 성유를 바른 악당이야. 하지만 젠장, 우리는 선원으로서의 직업적 존엄성을 지켜야 해. 그렇지 않고야 아무 거리낌 없이 떠도는 많은 땜장이들보다 더 나을 게 뭔가. 우리는 신임을 받고 있어. 알겠는가? 신임을 받는다고! 솔직히 말해, 나는 아시아에서 온 그 모든 순례자들에 대해서는 조금도 관심이 없어. 하지만 존엄성이 있는 선원이라면 넝마 짐짝을 가득 싣고 가는 경우에도 그따위로 처신하지 않을 거야. 우리는 조직화한 인간 집단은 아니야. 그러므로 우리를 결속하는 것은 그런 존엄성이라는 명분뿐이지. 이런 사건은 우리의 신념을 파괴해버린다고. 일생 굳세게 행동하라는 소명을 전혀 받지 않은 채 선원 생활을 마치는 사람도 있기야 하지, 그러나 일단 그런 소명이 있을 경우에는……. 아!……."

이런 말을 했던 선장은 짐에게 항해사 자격증을 박탈한다는 선고를 하고 난 후에 자살을 한다. 그는 자신이 배를 버린 선원이 아니었으면서도 인간으로서 그런 일을 자행한 자를 용서할 수 없었던 것이리라.

한편 항해사 자격증을 박탈당한 짐은 다시는 배를 탈 수 없게 된다. 또한 불명예를 안고 가족의 품으로 돌아갈 수도 없는 노릇이다. 대신 항구에서 점원 일로 생계를 유지한다. 하지만 그의 과거를 아는 누군가가 나타날 때마다 좋은 직장마저 버리고 어딘가로 숨어버린다. 그의 딱한 처지를 아는 사람이 그를 말레이 외딴 섬 파투산에 가도록 주선해준다.

파투산에 간 짐은 주민들을 억압하는 식민지 권력을 타파하는 일을 한다. 영웅적인 행동으로 주민들의 오랜 고통을 해소해주자 짐은 그들에게 신과 같은 존재로 여겨진다. 주민들은 짐을 '투안 짐'으로 불렀는데 투안이란 말레이시아 원주민어로 로드(lord)를 뜻하고 우리말로는 '짐 님', 혹은 '짐 나으리'에 해당할 것이다. 짐은 그곳에서 주민의 추앙을 받으며 행복하게 지낸다. 더구나 사랑하는 여인도 그의 곁에 있다.

그러다가 사악한 백인 해적이 약탈을 하기 위해 파투산에 섬에 쳐들어가는 사건이 생긴다. 이때 짐은 해적과 담판을 짓기 위해 홀로 나선다. 해적이 비록 나쁜 사람이긴 하지만 예전의 짐이 배를 버리고 도망칠 때처럼 실족하고 있다고 해적을 이해하려 한다. 짐은 그가 도망가도록 길을 터준다. 그러나 해적은 고분고분 물러나지 않고 원주민을 향해 총질을 해대다가 우두머리의 아들을 죽이고 만다. 그 섬의 추장격인 우두머리는 아들을 잃고 나서 짐에게 관대

할 수는 없었다. 우두머리는 짐을 처형하고자 한다. 자신의 최후를 절감하고도 짐은 우두머리 앞에 나가 총을 맞고 죽는다. 짐을 몹시 사랑하는 여인을 비롯하여 주변 사람들이 짐에게 얼른 섬을 떠나 목숨을 구하라고 강권하지만, 그로서는 배를 버리고 살아났을 때의 악몽을 되풀이할 수는 없다. 달아나지 않고 당당하게 총알을 맞고 죽는다. 어찌 보면 자살과도 같은 최후를 선택한 것이다. 죽고 난 후에도 사람들의 기억 속에 그는 오래도록 '로드 짐'으로 남아 있다.

* * *

지금으로부터 110년 전에 쓰인 이 작품 속에 배를 버리고 탈출한 선원 이야기가 나온다. 더욱이 이 이야기는 실화가 바탕이 되었다는데 1880년에 메카로 성지순례를 떠난 이슬람교 992명이 탄 배가 물이 새고 기울자 영국 선원들이 버리고 탈출한 사실이 있었단 것이다. 선원생활을 한 작가 콘래드로서 그런 일이 인간으로서 얼마나 부끄럽고 수치스러운지를 얼마나 인간의 존엄성을 갉아먹는 일인지를 말하고 싶었던 것 같다.

파트나호를 버리고 탈출한 4명의 백인 선원의 행보를 살펴보자. 선장은 원래 구린 구석이 많은 몰염치한 자로 육지에 도착하자마자 도주해버린다. 그는 아마도 어디를 가든지 여전히 똑같은 삶을 영위하리라고 예상된다. 기관장은 배에서부터 술을 마시고 있었으므로 알코올 중독자임을 예측할 수 있는데 부둣가에 숨어 다량의 술을 마시다가 진전섬망증 발작으로 입원한다. 그리고 2등 항해사는 파트나호에서부터 팔이 부러졌으므로 병원에 가겠다고 자청한다. 홀로 남은 짐만이 재판을 받게 되는데 그때에 받은 수모는 평생 잊지 못했을 것이다. 항해사자격증을 박탈당한 짐이 상점 점원으로 취직이 되어 주인의 인정을 받으며 잘 지내고 있을 때 팔이 부러졌던 2등 항해사가 나타나 짐을 압박하는 장면이 나온다. 이로써 2등 항해사 또한 배를 버린 선원으로서의 수치심 따위는 결코 느끼지 못하는 몰염치한 사람임을 알 수 있다.

짐은 파트나호 사건 후에 집에도 돌아가지 못하고 어느 곳에도 정착할 수가 없었다. 누군가 그 일을 기억하는 사람이 나타나면 홀연히 떠나버리고 마는 것이다. 그러다 파투산 섬에 들어가 백인에게 박해받는 원주민을 구원해주는 영웅적인 행위를 하고 신처럼 추앙받으며 살아간다. 그러나 그에게 찾아온 또 다른 위기 앞에서 과거처럼 목숨을 구하려 도피하지 않고 죽음 앞에 당당히 서서 최후의 총알을 맞는다. 짐의 그러한 죽음이 그의 지난 과오를 보상하고도 남으리라.

작품 속의 기관장이 앓는 '진전섬망증'은 의학용어로 'delirium tremens'인데 번역하면 '광란의 떨림'이 될 것이다. 장기간 알코올을 복용하다 중단한 경우 금단현상으로 나타나는 증상과 동반된 의식장애를 말한다. 거칠게 몸을 떨며 발작을 일으켜 사망에 이르기까지 히는 위험한 상태로서 악몽, 불안, 총체적 혼동, 지남력장애, 환시, 환청, 고열, 고혈압, 발한, 빈맥 등등의 증상을 보인다. 특이하게 벌레나 뱀, 쥐가 기어 다니는 이상 촉감을 호소하기도 한다. 주로 술을 끊은 후 1~3일에 시작하여 4~5일째 최고조에 이르고 특히 밤에 심해진다. 맥주를 하루 3~4리터씩 혹은 독주를 하루에 0.5리터씩 10년 이상 마신 경우 나타나는데 이 작품에서처럼 급성으로 발생하는 것도 가능하다.

치료는 신경안정제 사용으로 가능하지만 5~15%에서 치사율을 보이며 제때에 치료하지 못한 경우 치사율은 35%에 달한다. 알코올 중독자에게 보이는 극단적인 부작용으로 이해하면 될 것이다.

기관장이 진전섬망증 발작을 일으키는 가운데 내지르는 소리를 종합해보면 그 또한 순례자들을 버리고 도망친 데 대해 스트레스를 받았음을 은연중에 느낄 수 있다. 배에 타고 있는 것이 두꺼비였다고 말하거나 동요를 일으키는 승객은 머리를 때려야 한다는 두서없는 내용이 그의 심리를 표현하고 있다.

그러나 아무리 섬망증에 걸렸다 해도 술 속으로 도피한 기관장은 면죄부를 받을 길이 없을 것이고, 선원은 선원으로서의 책임과 사명을 끝까지 다해야 한다고 생각한다.

조셉 콘래드(Joseph Conrad)

1857년 12월 3일 폴란드 우크라이나에서 태어났다. 당시는 우크라이나가 제정 러시아 식민 통치하에 놓여 있었는데 작가였던 부친이 반러시아 활동으로 체포되어 온 가족이 러시아의 볼로그다로 유배를 가게 되었다. 일찍 부모를 여의고 18세에 첫 항해선을 탔다. 어린 시절 가정교사를 두고 프랑스어를 배웠고 영어는 20대에 들어 처음 익혔지만 영어로 창작을 시작하고 영국인으로 귀화했다. 37세에 『올마이어의 집』을 출간하여 작가의 반열에 합류하게 된다. 『암흑의 핵심』 『노스트로모』 『서구인의 눈으로』 『비밀 정보원』 등 선원의 경험뿐 아니라 제국주의 시대의 세계사적 문제를 다룬 작품들로 높은 평가를 받고 있다. 1924년 64세에 심장마비로 별세하여 캔터베리에 묻혀있다.

15. 진전섬망중

16. 해표상지증

임신 중 약물 복용에 의한 기형아 출산

— 카를로스 푸엔테스 「스타의 아들」

  진료실에서 듣는 질문 중에 꽤 많은 부분이 바로 임신 중 약물 복용에 관한 것이다. 감기약, 해열제, 살 빠지는 약, 한약, 여드름 치료제, 변비약 등등 임산부들이 복용한 약이 참 다양하기도 하다. 그럴 수밖에 없는 것이 성관계를 갖고도 2주일은 지나야 임신 여부를 알 수 있기 때문이다. 그 기간에 아무 생각 없이 약을 먹고 나중에 임신한 걸 알고 나서 땅을 치고 후회한다. 수태 후 3주는 지나야 산모와 태아 간에 혈류가 개통되어 비로소 약물이 전달되기 때문에 아주 초기에 복용하면 지장이 없는 것으로 알려졌다.

  오늘도 한 산모가 근심 가득한 얼굴로 찾아왔다. 임신이 되어 기뻐하다가 생각해보니 탈모증으로 두피에 스테로이드 주사를 맞은

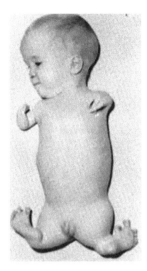

포코멜리아(해표상지증) 신생아

일이 기억났단다. 한 달 전 일이지만 스테로이드가 태아에 나쁜 영향을 미친다는데 어쩌면 좋으냐고 울상이다. 날짜를 계산해보니 정자, 난자가 만나기 훨씬 이전이므로 문제가 없어 보였다. 괜찮다고 설명을 해줘도 산모는 계속 불안해한다.

약물이 태아에 기형을 초래한다는 것을 입증한 대표적인 사례가 있다. 1950년대에 독일에서 팔다리가 없는 기형아가 다수 출생한 사건이 생겼다. 당시 임산부들이 입덧을 줄이고자 탈리도마이드란 신경안정제를 복용한 결과였다. 이런 아이들을 해표상 기형아(해표상지증, 단지증)라고 하며 영어로는 포코멜리아(Phocomelia)라고 하는데 바다표범(해표)처럼 손과 발이 짧다는 뜻이다. 이런 일이 생기는 이유는 약물이 태아의 팔다리로 가는 혈관형성을 억제하기 때문인데 그것은 제약회사에서 미처 예상치 못한 일이었다.

모든 약물들은 등급을 매겨 신모에게 안전한지 아닌지를 표시하고 있다. 임신 중 태아에게 기형아 출산의 위험성이 있다고 알려진 것들은 탈리도마이드로 비롯하여 비타민 A제품, 여성 호르몬제, 몇몇 항생제, 술과 담배, 마약 그리고 성분이 모호한 한약 따위이다.

아무리 설명을 해줘도 스테로이드제의 기형 유발 가능성에 대한 의심을 떨치지 못하고 어깨를 늘어뜨린 채 진료실을 나서는 산모의 뒷모습을 보다가 해표상기형아가 등장하는 소설이 떠올랐다.

* * *

영화배우 알레한드로 세비야는 멕시코 최고의 배우였다. 지난 30년간 최고의 권좌를 차지한 스타였다. 샤를 부아예의 목소리를 더빙하는 것을 시작으로 할리우드까지 진출했으며 몽테크리스토 백작과 달타냥, 쾌걸 조로의 배역을 맡아왔다. 여배우와의 염문도 화려했고 그의 영상을 보면 언제까지나 늙지 않고 영원히 살 것만 같았다.

그러나 65세가 넘자 스크린이 그를 거부했다. 이제는 과거의 인물, 과거의 유물이 되었다. 관객은 소리쳤다. 낡아빠진 인간은 꺼지라고, 가서 미라나 되라고.

젊은 시절 그는 모든 여자를 취했다. 그 어떤 유명 여배우라도 그
의 요구를 거절하지 않았다. 그러나 지금은 엑스트라조차도 그를
무시한다. 그가 상대의 몸을 요구할라치면 거칠게 후려갈기며 "숨
쉴 때 악취가 풍기는 노인 주제에……." 하며 비웃는다.

한때 그가 진정 사랑했던 여인이 있었다. 검은 머리에 몹시 하얀
피부를 가진 신비한 눈빛의 배우 시엘라 데 모라였다. 많은 여배우
들이 단지 신분 상승을 위해 알레한드로 세비야에게 접근했으나 시
엘라는 달랐다. 사려 깊고 차분함과 진지함, 그리고 절제된 태도가
그녀의 매력이었다. 그녀는 하현달과 같은 얼굴을 하고 오직 알레
한드로를 태양처럼 의지했다. 그녀는 알레한드로의 파트너로 출연
한 적도 있었다. 조로의 여인, 달타냥의 여인, 몽테크리스토 백작의
여인으로.

그녀는 결혼을 요구하지는 않았지만 아들을 낳고 싶어 했다. 그
래서 그녀는 피임을 하지 않았고 원하는 대로 임신이 되었으며 임
신 중에 알레한드로의 부정을 알게 되어 신경안정제를 복용할 수
밖에 없었다. 마침내 그녀는 아들을 얻었지만 심각한 기형을 동반
하고 있었다.

겨드랑이에 팔이 붙어버린 아기, 다른 사람들에게 의지하고 살 수밖

에 없는 아기, 얼굴 가까이에 손이 달려서 엉덩이에도, 컵에도, 칼에도, 영화대본에도 손이 닿지 않는 아기를 숨겨 놓은 요람을 지키는 것을 어머니는 참지 못했다.

아이 이름은 산도칸이라 지었다. 하지만 아이가 석 달 되었을 때 시엘라는 편지를 남기고 떠났다. 아이는 남겨두었다.

아기야, 죽어라. 삶의 고통을 겪지 않도록. 네 목을 조를게. 아기야, 다시 천국으로 돌아갈 수 있도록. 내 아기야, 너를 버린다. 네 어머니 원망을 하지 않고 네 어머니를 알지 못하고 그 이름조차 알지 못하도록.

알레한드로는 전직 멕시코 영화배우였던 노파에게 산도칸을 맡겼다. 어머니는 죽은 것으로 해달라고 부탁했다. 알레한드로도 아이의 기형을 참을 수 없었다. 그는 남성의 건강미를 대표하는 배우였다. 말에 올라타 추격전을 벌이고, 검을 휘두르며 결투를 하고, 이 배에서 저 배로 뛰어 내리며, 캘리포니아 성벽에 칼자국을 새기는 이런 액션들이 그의 상징이었다.

아이는 자신을 돌보는 늙은 여자가 엄마인 줄 알고 있지만 알레한드로는 아이에게 아니라고 말할 수도 없었다.

"네 엄마가 우리를 버렸다, 다른 남자에게 가버렸다, 그래서 나도 엄마를 버렸다. 산도칸, 내가 엄마보다 못할 게 없다, 나는 최고의 멋쟁이 알레한드로 세비야란다. 여자들을 버리는 건 바로 나지, 어떤 여자도 나를 버릴 순 없다."라고 차마 말할 수는 없었다.

아이를 돌보던 늙은 여자는 마침 알레한드로가 영화 제작자에게 더는 미래가 없다는 말을 듣고 퇴짜를 맞은 날 산도칸을 떠났다. 알레한드로는 아이 곁으로 돌아갈 수밖에 없었다. 아이를 마지막으로 본 지 5년도 넘은 시점이었다. 알레한드로는 예순한 살이 되었지만, 이제는 상주하는 가정부를 고용할 돈도 없었고, 일주일에 한 번 청소해 줄 아가씨를 쓸 여유도 없었다. 평생 흥청거리며 모든 것을 여인들과 여행하는 데다 쏟아 부었기 때문이었다. 그는 저축이란 걸 몰랐고, 투자할 줄도 몰랐다. 그에겐 내일이란 없었던 것일까?

15살 된 산도칸은 부모 없이 노파의 손에 자라면서 그동안 알레한드로가 출연한 모든 영화를 보았다. 산도칸이 아버지에게 이렇게 말했다.

"아버지를 실제로 보게 될 거라곤 한 번도 생각 못 했어요. 어쩌다 한 번 왔을 땐 언제나 분장을 하고 왔지요. 이번에는 아니에요. 지금이 아버지를 처음으로 보는 거예요."

또 이런 말도 했다.

"영화에는 순간만 있어요. 거기에선 시간이 흐르지 않아요. 영화에서 아버지는 결코 늙지 않지요."

아이는 제 엄마 시엘라 데 모라를 똑 닮아 흑진주처럼 검은 머리에 투명할 정도로 하얀 피부를 갖고 있었다. 알레한드로는 아들에 대해 솟아오르는 사랑을 느꼈다. 차마 예기치 못했던 그린 사랑을. 그런데 산도칸에겐 남모르게 숨겨진 힘이 있었다. 그는 다리를 뻗어 아버지를 넘어뜨렸다.

소년의 다리 힘은 놀라웠다. 항상 입고 다니는 편안한 셔츠 아래로 매우 발달한 튼튼한 두 다리가 보였다. 드문드문 털이 난 두 다리는 조각처럼 아름다웠고, 푸른 정맥이 드러나 대리석 같아 보였다. 그렇게 그의 육체의 반은 강하게 살아 있었다.

아버지는 산도칸을 보며 배꼽을 잡고 웃었다. 그러면서 소년의 삶과 이 세상에 태어난 그의 존재를 축하했다. 어머니 시에라 데 모라는 욕조에서 아들의 목을 조르거나 쓰레기통에 던져버리고 싶어 했건만 아버지는 아들이 살아남게 된 의미를 깨달았다. 바로 그것이었다. 인간의 가치, 그리고 조금씩, 조금씩 알레한드로는 아들이 자신의 삶의 가장 충실한 거울이라는 사실을 깨달아갔다.

영화계에서 물러난 일이 전에 생각했던 것처럼 사망증명서가 아니라 닫힌 무덤과 같은 영화계에 공기와 태양과 새들과 비와 꽃가루와 벌들이 들어올 수 있는 창문을 열었다는 것을 알았다. 영화계는 톱밥과 종이와 고무와 시체들의 머리카락으로 만든 가발로 이루어졌음을 생각했다. 영화계는 겨드랑이 밑이나 가랑이 사이에 얼룩이 졌어도 한 번도 세탁소에 보내지 않은 옷들로 가득 차 고약한 냄새가 나는 견딜 수 없는 곳이었다는 것을 기억해냈다.

알레한드로의 마지막 배역은 아들과 함께하는 엑스트라 역이었다. 누가 말했던가? 자식이야말로 인간의 진정한 아버지라고.

알레한드로와 산도칸은 멕시코 전역의 장이 서는 곳마다 순회한다. 일주일에 다섯 번, 장이 열리는 곳마다 룰렛에는 문어 요리가 진열되고, 목마에는 점치는 새들이 즐비하다. 그곳엔 신경통, 성불능, 수면장애, 티눈, 홧병과 건강식품에 이르는 갖가지 약을 파는 약장수들이 모여들고, 유리구슬로 점을 치는 점쟁이들도 모인다. 은퇴한 볼레로 가수들, 실패한 테너 가수들, 퇴역 혁명 군인들, 집시의 노래를 부르는 민요 낭송자들, 실직한 서커스 광대들까지 모여든다.

사람들은 팔 없는 소년의 소문을 듣고 그의 공연을 즐기기 위해 그곳에 온다. 소년은 길고 튼튼한 다리로 알루미늄 칼을 잡고 자신을 위협하는 상대를 땅에 넘어뜨린다. 상대 노인이 소년을 공격해 오면 소년은 다리를 뻗어 현란한 발동작으로 노인을 쓰러뜨리고 관객들은 기쁨에 넘쳐 휘파람을 불며 손뼉을 치고 소리를 지른다.

관객이 "얼마 내면 되나요?"하고 물으면 산도칸은 "마음대로요."

라고 대답한다.

　이렇게 해서 산도칸과 알레한드로는 돈을 모아 비디오카세트를 산다. 그 둘은 알레한드로 주언의 영화들을 새롭게 감상한다. 하루는 아들이 묻는다. 조로와 사랑에 빠진 저 여자는 누구냐고, 아주 예쁘다고. 아버지는 그녀가 산도칸의 엄마라는 사실을 결코 알려주지 않는다.

＊　　＊　　＊

　이 작품은 카를로스 푸엔테스의 연작소설 『모든 행복한 가족들』 중 하나의 단편이다. 우리가 실제로 주변에서 행복한 가족을 찾아보기 어려운 것처럼 이 작품 속에도 행복한 가족은 거의 없다. 다만 행복의 또 다른 관점으로 보자면 행복할 수도 있다는 것뿐이다.

　왕년에 잘나가던 배우 알레한드로, 난봉꾼이며 가정에 대한 개념이 없던 그에게 느닷없이 아들이 생기지만 양쪽 팔이 없는 불행한 기형아이다. 아이 엄마는 차마 제 손으로 죽이지는 못하고 편지를 남긴 채 사라진다. 아들과 아버지는 버려진 것이었다.

　알레한드로는 팔 없는 아이를 전직 영화배우인 노파에게 부탁하고 그저 크리스마스 선물이나 보낼 뿐이다. 그는 5년에 한 번쯤 아들을 찾아가 만나고 그 사이 아들은 장성한다. 산도칸이 열다섯 살이 되었을 무렵 더는 영화배역을 맡을 수 없게 된 알레한드로가 빈 털터리가 되어 아들에게 돌아온다. 환갑을 넘긴 나이에. 아들 산도 칸은 비록 두 팔은 없지만, 그 대신 두 다리에 어마어마한 힘을 갖고 있다. 산도칸은 다리로 아버지를 자빠뜨릴 수 있다. 아버지는 기형아 아들에게 애정을 느끼기 시작한다. 그 둘은 멕시코 장터를 순회하며 묘기를 보인다. 다리 사이에 칼을 끼우고 아버지의 공격을 물리치는 팔 없는 기형아에게 사람들은 환호한다. 관객들이 던져주는 돈으로 둘은 행복한 가정을 이루며 산다.

여기에서 산도칸이 해표상기형아가 된 이유는 엄마 시에라 데 모나가 남편의 바람기를 견디기 어려워 임신 중에 '탈리도마이드'라는 신경안정제를 먹었다는 것으로 설명한다. 1960년대에 이렇게 출생한 기형아가 세계적으로 만 명 이상이었다는 역사를 입증하는 소설이 바로 이 작품이다.

이런 해표상기형아는 원발성으로 태어나는 사례는 거의 없고 모두가 임신 초기 약물 복용의 결과로 생겨난다. 이런 기형을 갖고 태어났으나 장애를 극복한 사례가 세계적으로 몇몇 알려졌다. 우리나라에는 손가락이 양손에 각 2개밖에 없음에도 불구하고 네손가락의 피아니스트가 된 이희아 양이 있다.

또 앨리슨 래퍼(Alison Lapper)는 1965년에 태어난 영국의 화가이다. 두 팔이 없는 상태로 태어나 구족화가로서 활발하게 활동하고 있다.

오스트레일리아 출신의 니콜라스 제임스(Nicholas James)는 지체장애인들을 위한 기관인 '사지 없는 인생(Life Without Limbs)'의 대표이다. 신체장애뿐 아니라 희망에 관한 다양한 주제로 강의를 하는 설교자이자 동기부여 연설가이다. 닉은 출생 당시 양팔과 다리가 없이 몸통에 두 개의 작은 발만 달려있었는데 수술을 통해 두발가락을 만들어 여태까지 그 두 발가락만으로 생활하고 있다.

이렇게 불가능의 경지를 극복하고 당당히 삶을 영위하는 모습이 인간 승리의 일면을 보여주지만, 일차적으로 기형아 출생을 피하기 위해 임신 중 약물 복용을 각별히 조심하라고 당부하고 싶다.

카를로스 푸엔테스(Carlos Fuentes)

1928년 파나마의 수도 파나마시티에서 태어나 외교관인 아버지를 따라 세계 각지에서 유년 시절을 보냈다. 멕시코 국립대학에서 법학을 전공했고 스위스에서 국제법도 공부했다. 1950년대부터 멕시코시티 유엔 홍보국에서 근무하면서 미국 유명대학에 강의를 하러 다녔다. 라틴 아메리카 역사부터 동서양 신화와 철학에까지 해박한 지식을 가진 작가로서 국가와 사회문제에 관심이 많고 다양한 주제의 작품을 남겼다. 『테라 노스트라』 『가면을 쓴 나날들』 『장님들의 노래』 『배 속의 크리스토발』 『라우디디아스의 세월』 『유리 국경선』 『의지와 운명』 『묻힌 거울』 『아우라』 『블라드』 등 작품이 헤아릴 수 없이 많고 세익스바랄출판사간이도서상, 비야우르티상, 로무로가예고스상, 알폰소레예스상, 멕시코국가상, 세르반테스문학상, 프랑스레지옹도뇌르상, 아스투리아스왕자인문학상 등을 수상했다. 2012년 심장병 수술 이후 과다출혈로 사망했다.

17. 강경증

육체와 정신의 결별
― 오노레 드 발자크 『루이 랑베르』

　의사가 되기 전에는 정신과 환자란 말이 얼마나 무서웠는지 모른다. 학생 시절 병원으로 실습을 나가게 되었을 때에도 정신과 병동에 들어가는 게 제일 꺼려졌다. 정신과는 신관 건물 맨 꼭대기인 13층에 입원실이 있었는데 그 때문에 그 건물 근처에는 얼씬도 하지 않았다. 정신과 입원실은 여느 병실과 매우 달랐다. 우선 유일한 출입구인 철문엔 단단한 빗장이 달려 있었다. 남자 간호사들이 하얀 제복 주머니에서 열쇠를 꺼내 문을 여닫곤 했다. 그땐 지금처럼 숫자만 찍으면 열리는 알리바바의 자동문이 없었던 시절이었으니까.

　그 철문이 여닫히며 끼익끽 소리를 낼 때마다 동시에 환자들 발에 채워진 쇠사슬 끌리는 소리가 들리는 듯했다. 틀림없이 발목마다 쇠사슬을 매단 채 구속복을 입혀 옴짝달싹 못하는 병자들이 문 앞에서 서성이고 있을 것만 같았다. 아마 영화를 많이 본 탓이겠지만 중세 시대 정신병자의 모습을 떠올렸던 것이다.

어쩔 수 없이 그 두려운 곳에 들어가게 된 때는 3학년 실습시간이었다. 먼저 정신과를 경험한 다른 조 친구들이 거기는 내 생각과는 딴판이며 조용하다못해 무료하기 짝이 없는 곳이란 정보를 주었지만, 여전히 머리가 쭈뼛해지며 정신과 실습이 싫었다. 문을 여는 순간 망상에 사로잡혀 발작 중인 환자가 내게로 덤벼들어 목을 조를 것만 같은 두려움에 시달렸다.

그런데 실제는 전혀 그렇지 않았다. 철커덕거리는 철문이 열리고 우리 실습조 8명의 학생이 들어가 보니 정신과 환자들은 집안의 응접실처럼 넓은 공간에서 쉬고 있었다. 더욱이 창문으로 햇살이 가득 들어와 모두 안온해 보였다.

그네들이 환자복을 입고 있어 환자인 줄 알아챌 정도이지 조금도 우리와 달라 보이지 않았다. 구태여 차이점을 찾으라고 하면 그들의 극단적인 무표정과 무관심일 것이다. 그들은 누가 와서 실습을 돌거나 말거나 아무 관심이 없어 보였다. 복용한 약물 때문이겠지만 환자들은 꿈길을 걷는 사람처럼 조금씩 굼뜨고 느렸다. 목이 말라 계속 물을 마시는 모습도 특징의 하나였다.

결과를 미리 말하자면 3주간의 실습 동안 예상했던 자극적이거나 놀라운 일은 전혀 일어나지 않았다. 다만 지루해 죽을 뻔했던 시간이 정신과 실습시간이었음을 털어놓고 싶다. 환부를 내어놓고 치료받는 화상환자처럼 정신과 환자는 아픈 정신을 겉으로 드러낼 거라 생각했던 것은 나의 착각이었다. 그들은 정신 쪽으로 에너지가 치우치다 보니 육체가 더없이 허약해진 상태였다. 한마디로 약자였던 것이다.

발자크의 『루이 랑베르』에는 육체와 정신이 완전히 분리되어 식물인간처럼 되는 주인공이 나온다. 이 소설을 읽으며 나는 왜 정신과 환자에 대해 그토록 선입견을 품고 무서워했었는지 지난 시절을 돌아보게 되었다.

＊　＊　＊

루이 랑베르는 가죽 공장을 하는 집안에서 태어났다. 아버지는 아들 랑베르에게 가업을 물려주고 싶어 했지만 아이가 유난히 총명하여 공부를 계속하게 했다. 랑베르는 5살 때 신구약 성경을 읽고 상상의 나래를 펼쳤다. 아버지는 아이가 군대 징집을 피하도록 성직자로 만들 계획을 세웠다. 그래서 외삼촌이 주임사제로 있는 작은 마을로 아들을 보냈다. 거기서 랑베르는 삼천 권이나 되는 책을 독파할 수 있었다.

그의 독서 능력은 탁월했다. 독서를 통해 생각을 흡수하는 것이 흥미로웠다. 그의 눈은 한 번에 일고여덟 줄씩 읽어 내려갔으며, 그의 정신은 시선만큼이나 민첩하게 그 의미를 음미했다. 그는 종종 문장 중의 단어 하나만으로도 그 문장의 정수를 파악했다. 그의 기억력은 대단했다. 독서를 통해 얻은 지식이나 자신의 성찰이나 대화를 통해 떠올렸던 사고들을 모두 정확하게 기억했다.

이렇게 그는 독서에 모든 힘을 쏟은 반면, 육체에 대해서는 전혀 의식하지 않았다. 그는 몸에도 정신을 관장하는 기관인 머리만 중시했다. 그의 표현을 따르자면 그는 '자기 뒤에 빈 공간을 남겨 두었다'고 말했다. 그는 신비주의에 매료되어 몸은 무시한 채 정신과 영혼이 깊은 심연 속에 빠져 있었다. 책에 대해 그는 이런 말을 했다.

"종종 나는 과거의 깊은 심연에서 단어라는 배를 타고 달콤한 여행을 하는 느낌이야. 마치 곤충 한 마리가 물 위에 뜬 나뭇가지에 앉아 물결 따라 떠내려가듯이 말이야. 그리스에서 출발해 로마로 가는가 하면, 근대의 역사가 펼쳐지는 곳을 지나기도 하지. 한 단어의 행적과 그 단어에 얽힌 이야기만으로도 얼마나 근사한 책을 만들 수 있을까!"

그가 파리의 명문 기숙학교에 갈 수 있었던 것은 비평가이자 소설가인 스탈 남작부인 덕분이었다. 당시 스탈 부인은 유배 중이어서 숲 속에서 책을 읽고 있던 랑베르를 만나게 되었다. 그녀는 열네 살 아이가 어려운 작품을 읽는 것이 놀라워 선뜻 후원하겠다고 나섰다. 그래서 방돔 기숙학교에 다닐 수 있도록 손을 써주었던 것이다. 3년간의 기숙비와 학비를 모두 대준 것은 여간 큰 호의가 아니었다.

그러나 랑베르에게 학교란 지옥과 다름없었다. 학생도 선생도 랑베르를 이해할 만한 인물이 없었다. 짓궂은 학생들은 랑베르를 '피타고라스'라고 불렀다. 피타고라스가 누구와도 대화하지 않고 어떤 청중도 만들지 않고 자신의 이론에 대해 쓰지도 않았으며 침묵한 채 비밀로 간직했다고 전해졌기 때문에 랑베르에게 붙여진 별명이었다. 랑베르는 단지 옆자리에 앉았던 '시인'이란 별명의 문학도와 간신히 이야기를 나눌 뿐이었다.

시인과 피타고라스는 혹독한 학창시절을 보냈다. 랑베르는 툭하면 회초리를 맞았다. 수업시간이면 왼팔을 턱밑에 괴고 나뭇잎이나 하늘의 구름만 하염없이 바라보곤 했기 때문이다. 담임신부는 그의 그런 모습을 보고 "랑베르 자네는 아무것도 안 하고 있군!"하고 나무랐다. 랑베르가 '아무것도 하지 않는다'는 표현에 상처를 받고 신부를 올려다보면 신부는 그 뜻밖의 시선에 충격을 받는 듯했다. 전기가 흐르듯 그의 시선에는 사유가 가득 담겨 있었다. "랑베르 군, 다시 한 번 그런 눈으로 나를 쳐다보면 그때는 회초리로 맞을 테니 그리 알게." 이런 이치에 맞지 않는 꾸중을 듣고 랑베르는 불타오르는 눈길로 신부를 공격했다. 결국, 엄청난 양의 회초리가 부러진 다음에 둘의 싸움이 끝이 났다. 그만큼 루이 랑베르는 압도적인 눈길을 가지고 있었다.

친구들 사이에서 '시인과 피타고라스'는 소외되었다. 아이들과 어울려 공놀이도 할 줄 몰랐고 즐겁게 어울릴 수가 없었다. 운동장의 나무 아래 쓸쓸히 앉아 두 마리 새끼 쥐처럼 웅크리며 지냈다. 랑베르는 이런 말을 했다.

"갑자기 교실 벽이 모조리 무너지고 내가 모르는 어떤 들판에 서 있는 듯한 그런 순간이 있어. 굉장히 행복한 순간이기도 하지. 하늘을 나는 새처럼 마음껏 생각할 수 있다는 게 얼마나 큰 기쁨인지!"

또 이런 질문도 했다.

"자연에는 왜 그리도 초록색이 많을까? 자연에는 왜 직선이 존재하지 않을까? 왜 인간은 직선을 고집할까?"

그는 어쩔 수 없이 해야했던 아무짝에도 쓸모없는 공부를 한없이 경멸하면서 그를 둘러싼 사물들로부터 분리된 채 공상의 세계에 머물곤 했던 것이다.

랑베르는 불충실한 수업 태도로 인해 걸핏하면 벌을 받았고 학교 감옥에 갇히는 일도 있었다. 하지만 그가 특이한 능력을 갖췄다는 것을 뒷받침하는 일례가 있다. 일 년에 한두 차례 허용된 소풍날이었다. 목적지인 루아르 계곡에 도달했을 때 랑베르가 말했다.

"아니, 이건 어젯밤 꿈속에서 본 바로 그 풍경이야!"

당시 열다섯 살이었던 랑베르는 간밤의 꿈속에서 미리 소풍 갈 지역을 답사해서 세밀한 지역까지 다 알고 있었던 것이다. 이 일에 대해 그는 이런 질문을 했다.

"풍경이 내게로 다가온 게 아니라면 내가 풍경에게 간 걸 거야. 만일 내가 기숙사 골방에서 잠자는 동안 이곳에 왔다면, 그것은 내 육체와 정신이 완전히 분리될 수 있음을 말해주는 게 아닐까? 육체가 이동할 수 있듯이 정신도 옮겨 다닐 수 있다는 것을 증명하는 게 아닐까? 그런데 만일 잠자는 동안 정신과 육체가 분리될 수 있다면, 어째서 깨어 있을 때는 분리될 수가 없는 것일까?"

그는 이때의 경험을 바탕으로 〈의지론〉을 쓰기 시작했다. 랑베르는 6개월에 걸쳐 쉼 없이 그 이론을 연구했다. 그러자 잔인한 동급생들이 호기심을 참지 못하고 원고를 보겠다고 덤볐다. 상자 속의 원고를 빼앗기지 않으려고 몸싸움을 벌이다 마침내 담임신부에게 들키게 되었다. 비겁한 학생들은 신부에게 〈의지론〉에 대해 떠들었고 신부는 원고가 든 상자의 열쇠를 압수했다. 신부는 원고를 읽어보더니 "이런 쓸데없는 짓을 하느라 공부를 게을리했군!"하며 일갈했다. 신부는 필경 삼류작가에게 그 원고를 팔아버렸을 터였다. 여기에서 랑베르 사상의 씨앗은 발아 시키지 못한 채 정지했다.

그 빼앗긴 원고에 랑베르의 많은 생각이 담겨 있었다. 그는 우리가 사유하기 위해서는 '의지'가 필요하다고 했다. 그런데 많은 사람들이 사유에까지 이르지 못하고 의지의 상태에 머물러 있다는 것이었다.

그는 또 삶의 현상을 두 가지로 분류했다. 모든 생물체에서 두 가지 다른 운동이 있는데 능동적 작용인 '행동'과 수동적 반작용인 '반응'으로 나눈다고 했다. 그리고 이것이 인간의 본성을 이룬다고 여겼다. 이런 이론은 비샤의 의학이론과도 상당히 일치하는데 의학적으로 삶이 죽음에 저항하기 위해 끊임없이 '반응'한다는 것이 생명의 법칙이기 때문이다.

랑베르에 의하면 행동하는 인간은 반응하는 인간과 완전히 분리될 수 있다고 했다. 결국, 랑베르의 영혼은 정신주의와 물질주의라는 두 가지 원칙을 놓고 끊임없는 투쟁을 벌인 셈이다.

이렇게 어려운 철학적 개념을 10대의 나이에 확립했던 랑베르는 18세에 기숙학교를 졸업하고 파리로 갔다. 부모님이 돌아가시며 넉넉한 유산을 남겨주었으나 그는 도시에서 검소하게 궁핍한 생활을 영위했다. 그곳에서 누구와도 사귀지 못하고 사교계의 물질 만능주의에 개탄을 하게 되었다. 그는 행위보다는 사유를 행동보다는 관념을 운동보다는 명상을 더 좋아하는 타입이었다. 더욱이 파리의 학계에서 여러 학파로 나뉘어 다투는 모습을 보고 랑베르는 매우 실망했다. 교수들은 서로 헐뜯고 음해하였고 도무지 인문과학의 나아갈 바를 제시하지 못했다.

한편 랑베르는 인간과 신의 관계를 규명하고자 애썼다. 랑베르가 외삼촌에게 썼던 편지의 한 구절이다.

"이 세상이 신에게서 나왔다면 이 세상에 존재하는 악은 어떻게 받아들여야 할까요? 선으로부터 악이 나왔다면 당신은 부조리에 빠지게 됩니다. 악이 없다면 이 사회에 존재하는 그 많은 법은 다 무엇에 쓸까요?"

그러므로 사회 전체를 다시 연구해야 한다는 것이 랑베르의 생각이었다. 하지만 랑베르는 파리에 더 있지 못하고 실망을 안고 패배자의 모습으로 귀향했다. 삼촌이 조카를 위로하기 위해 이웃들과 교제를 하게 해 주었다. 그러다가 랑베르는 운명의 여인을 만나게 되었다. 그녀의 이름은 폴린으로 유대인계 남작의 사생아였다. 그녀는 어마어마한 재산과 영지를 상속받았고 놀랄 만한 아름다움과 기품을 가졌건만 사생아라는 신분과 유대인이란 편견 때문에 사교계에 받아들여질 수 없었다. 스무 살의 그녀는 항상 말없이 명상에 잠겨있었으며 몸짓과 거동은 우아함이 풍겼다. 온화하면서도 다정한 여성이었다. 폴린을 보자마자 랑베르는 그녀 안에 천사가 있음을 직감했다. 그의 영혼이 지닌 풍부한 능력에 의해 그는 사랑에 빠졌다. 그의 격렬한 감각과 사고의 본질과 삶의 방식은 그를 강력한 열정에 빠뜨렸다. 그 열정은 그에게 일종의 심연이었고, 불행했던 그는 그 안에 모든 것을 던져버렸다. 그는 폴린에게 여러 번 편지를 썼다.

"내 삶은 이제 내 것이 아니라는 것을, 그것은 이제 당신 손에 달려 있다는 것을, 이제 이 세상에서 내게 여인은 단 한 명뿐입니다. 마치 내 영혼 안에 단 하나의 사유만이 존재하듯이 말입니다."

이렇게 사랑 고백을 하는가 하면 한편 그녀 곁을 떠난다고도 했다. 폴린은 랑베르의 마음을 받아들였고 둘은 결혼을 약속했다. 랑베르는 기쁨에 들떠 이런 편지를 썼다.

"이 세상에 존재하는 모든 사랑의 이름으로 당신을 사랑합니다. 아주 사소한 몸짓이라도 당신의 몸짓이 보여주는 우아함은 항상 새롭습니다. 당신의 숨결을 마시기 위해서라면 며칠 밤이고 샐 수 있을 것 같습니다. 당신 삶의 모든 움직임 속으로 슬며시 들어가고 싶습니다. 당신 사유의 본질 자체이고 싶습니다. 당신 자체이고 싶습니다. 나는 절대 당신을 떠나지 않을 것입니다. 인간의 어떤 감정도 우리의 사랑을 방해하지 못할 것입니다. 그 사랑은 변형되지만 무한하고, 하나로 결합한 모든 것이 그렇듯이 순수한 사랑입니다. 바다처럼 넓고, 하늘처럼 광활한 우리의 사랑! 당신은 나의 것입니다! 온전히 내 것입니다!

(……) 나의 유일한 행복이여, 그러니 이제는 헤어지지 맙시다."

그러나 결혼을 며칠 앞두고 랑베르는 특이한 발작을 일으켰다. 그는 쉰아홉 시간 동안 시선을 한 곳에 붙박은 채 꼼짝도 않고 먹지도 자지도 않았다. 격렬한 열정에 빠진 사람들에게 일어날 수 있는 강경증(catalepsy) 발작이었다. 발작이 멈추었을 때 랑베르는 깊은 공포에 빠져 일종의 우울증 상태가 되었다. 그는 자신이 무능력하다고 생각하고는 스스로 거세하려고 시도했다. 다행히 외삼촌이 미리 발견하여 막을 수 있었다. 랑베르는 파리의 의사에게 진찰받게 되었다. 의사들은 랑베르를 불치환자로 취급했다. 의사들이 이구동성으로 말하길 치유의 가능성은 없지만, 치료에 도움이 되도록 깊은 고독 속에 내버려 두라고 했다. 폴린이 랑베르를 자신의 저택으로 데려갔다. 그리고 남편으로 여기고 헌신적으로 돌보게 되었다. 그렇게 2년이 흘렀을 때 학창시절 랑베르의 단짝이었던 시인이란 별명의 문인이 랑베르를 찾아왔다.

"나는 드디어 그를 볼 수 있었다. 그 모습은 영원히 내 기억에서 지워지지 않을 것이다. 그는 나무판자 위에 양 팔꿈치를 기대고 서 있었는데, 무거운 머리 때문에 고개가 처져 있어 상반신이 구부정해 보였다. 여자처럼 긴 그의 머리카락은 어깨까지 흘러내려 와 얼굴을 덮고 있어, 루이 14세 시대 위인들의 흉상과 닮아 있었다. 그의 얼굴은 새하얬다. 그는 습관적으로 다리 하나를 다른 쪽 다리에 대고 비벼댔다. 그의 무의식적인 동작을 말릴 수 있는 것은 아무것도 없었다. 두 개의 뼈가 계속 부딪치며 소름 끼치는 괴상한 소리를 냈다.(……)

루이는 내 눈에 보이는 그대로 낮이고 밤이고 시선을 한곳에 둔 채, 눈꺼풀을 깜박이지도 않고 서 있었다. (……) 세상에! 그의 모습은 주름이 가득하고, 머리는 다 세고, 게다가 장님처럼 흐릿해진 눈에서는 아무런 광채도 찾아볼 수 없었다. 그의 모습은 마치 무덤에서 파내 온 시체와도 같았다."

시인 친구가 비통한 심정으로 랑베르를 바라보자 곁에 선 폴린이 설명을 해 주었다. 일견 그가 미친 것처럼 보일 테지만 광인이란 뇌가 손상되어 자신의 행동을 전혀 의식하지 못하는 사람을 지칭하는 것이라면 랑베르는 결코 미치지 않았다는 것이다. 그는 자기 육체를 벗어나는 데 성공한 것으로 다른 형태로 사물을 본다는 걸 폴린은 이해하고 있었다. 이따금 랑베르는 굉장한 말을 한다고 했다. 폴린이 랑베르의 말을 받아 써 둔 것을 보여줬다. 아쉽게도 여성이 인문학 앞에선 극히 미약한지라 부분적이고 단편적인 내용만 담겨 있었다. 예를 들면 "인간에게 의지란 인간 고유의 힘이며, 그 강도는 다른 모든 종의 의지를 능가한다." 따위였다.

랑베르는 스물여덟의 나이로 연인의 품에 안겨 숨을 거두었다.

17. 강경증

그녀는 그를 어느 섬에 묻었다. 묘비도 없는 무덤 앞에서 그녀는 이런 말을 남겼다. "나는 그의 마음을 가졌어요. 그러니 그의 재능은 신께 바쳐야지요!"

*　　*　　*

이렇게 해서 발자크의 철학 소설『루이 랑베르』가 끝났다.

루이 랑베르는 5살 때 성경을 읽고 열 살 때는 3천 권의 책을 독파하여 높은 지적 수준을 가진다. 그의 재능을 알아본 후원자가 기숙학교에 보내주지만, 랑베르에게 학교란 어울리는 곳이 아니었다. 그의 지성을 알아주지도 인정해주지도 않는 환경에서 랑베르는 더욱 고독에 빠져 사유에 몰입한다. 그때 그가 집필한 〈의지론〉이 남아 있으면 좋으련만 신부에게 빼앗기고 만다. 쓰레기 같은 글이란 평을 듣고.

이 일로 랑베르는 상처를 받고 오로지 정신 속에 더욱 깊이 몰입한다. 18세가 되어 학교를 졸업했을 때 파리로 간다. 그러나 그곳에서 물질만능주의에 대한 실망을 안고 시골 외삼촌에게로 돌아온다. 여기서 아름답고 부유한 여인 폴린을 만나 사랑에 빠진다. 그 사랑은 랑베르를 정신분열로 이끈다. 그는 이 사랑의 불가능성을 깨닫고 강경증 상태에 돌입하게 된 것이다. 59시간이나 꼼짝 않고 움직이지 않은 채 먹지도 자지도 않은 랑베르는 전형적인 강경증 증상을 보였다. 이 강직성 정신분열 때문에 랑베르의 육체와 정신은 완전히 분리된다. 이후 스스로 거세를 시도했던 것을 보면 랑베르는 육체를 부인하려고 했음을 알 수 있다. 오로지 정신의 내적인 삶에만 몰두하는 것이다. 이 거대한 불행 가운데 다행인 것은 폴린이란 여인이 더 없이 성숙하고 헌신적이란 점이다. 그녀는 결코 랑베르가 미쳤다고 인정하지 않는다. 그는 단지 우리와 다르게 타인을 보는 것이라 믿는다. 랑베르가 그녀의 품에서 숨을 거둔 후에도 그녀는 랑베르와 행복했던 아주 짧은 시간을 기억하며 나머지 삶을 꾸려나간다.

그런데 이 작품이 그리 낯설지 않은 이유는 우리 가운데에도 지나치게 머리가 좋아 그 때문에 끝내 미쳐버렸단 사람의 이야기를 듣곤 하기 때문이다. 내가 처음 정신과 교과서에서 읽었던 정신분열증 환자의 사례도 국내 명문대학에서 천재로 인정받던 잘생긴 남학생의 병력이었다. 그토록 잘난 남자가 미쳤다는 게 사뭇 가슴 아팠던 기억이 난다. 아무리 좋은 것이라도 지나치면 광기로 변하는 것일까?

의학이 무척 발달한 오늘날에도 정신과 육체가 어떻게 조화를 이루며 사는가 하는 점은 미스터리로 남아 있다. 그런데 이렇게 정신과 육체의 관계에 대한 문제를 1830년대에 소설로 형상화한 발자크의 솜씨에 대해 놀라게 된다. 지금도 정신이 육체를 지배하는가?

정신과 별도로 육체의 몫이 따로 있는가? 라는 질문에 맞닥뜨리면 우리 의사들은 인간에겐 그 둘의 조화가 중요하다는 대답 밖에 달리 할 말이 없기 때문이다.

극단적으로 정신만을 택하고 육체를 저버린 루이 랑베르는 강경증에 빠졌다. 강경증이란 긴장형 조현병(정신분열병)에 나타나는 정신증상의 하나이다. 강경증에는 외부로부터의 작용을 자동적이고 기계적으로 수용하여 일정한 자세를 취하게 되면, 그 자세를 자기 의사와는 관계없이 오랫동안 지속한다. 그게 제아무리 무리한 자세일지라도……. 극단적 상태에서는 근육의 긴장이 높아져 납으로 만든 인형처럼 자세를 취하기 때문에 '납굴증'이라고도 부른다. 강경증은 전형적으로 정신분열병에서 나타나지만, 뇌염·뇌종양 등의 뇌기질성 정신병에서 또는 드물게 히스테리나 최면 상태에서 나타나는 경우가 있다.

작품 속의 루이 랑베르는 28살에 아깝게 사망했지만, 오늘날의 강경증은 죽음에까지 이르는 병이 아니다. 루이 랑베르 시절에 정신병 치료란 온천수에 담그거나 광천수를 마시거나 고작해야 쥐오줌풀 정도의 치료제가 있었다면, 오늘날 정신과에서 쓰이는 약물엔 혁혁한 발전이 더해진 덕분이다. 그러나 암이 완치되는 등 전반적인 의학의 발전에 비해 정신과 영역은 아직도 미지로 남겨진 부분이 많다. 정신의 비밀이 밝혀지는 날이 인류의 마지막 순간일까?

오노레 드 발자크(Honoré de Balzac)

1799년 5월 20일 프랑스 투르 시에서 출생하여 파리 대학 법학부에 등록하고 법률사무소에서 견습 서기 일을 배운다. 법학사 1차 시험에 합격했으나 문학을 위해 법학을 포기한다. 23세의 나이에 45세인 베르니 부인에게 사랑을 고백하고 둘은 연인 사이가 된다. 초기에 몇몇 소설을 썼으나 계속 악평을 듣자 출판업에 착수하고 이 출판업 때문에 엄청난 빚을 떠안아 평생 고생하며 산다. 1829년에 『결혼 생리학』을 출간하고 비로소 문학계의 총아로 떠오르게 되고 이때부터 왕성한 집필 활동을 시작하여 『고리오 영감』 『외제니 그랑데』 『골짜기의 백합』 『잃어버린 환상』 『인간 희극』 『나귀 가죽』 등 방대한 작품을 남긴다. 1839년에는 문인 협회 회장에 피선되고 1845년에 레지옹 도뇌르 훈장을 받는다. 1850년 3월에 18년간 기다림 끝에 한스카 부인과 결혼을 하지만 8월 18일에 세상을 떠난다. 유해는 페르 라셰즈 묘지에 안장되어 있다.

17. 강경중

18. 녹내장

안과의사의 만행

― 구스타프 마이링크 『골렘』

병원에 가서 잘못된 치료를 받았다거나 불필요한 수술을 받게 되었다는 이야기를 듣곤 한다. 아주 흔한 예로 갑상선에 생긴 아주 극미한 초기변화를 두고 암이란 무시무시한 진단을 내리고, 다른 부위로 전이되면 감당하기 어렵다기에 자신도 모르는 사이 수술 승낙서에 서명했고, 그 결과 목에 흉한 수술 자국을 남기게 되었다는 사연이다. 물론 그 덕분에 화근을 미연에 방지했을 수도 있지만 어쩌면 우리 몸의 자연치유력에 힘입어 더는 문제가 되지 않는 극미한 병변이었을지도 모른다는 회한을 하는 것이다.

"의사선생님이 어찌나 겁을 주는지요. 놔두면 죽는다기에……"

그런 경험을 한 환자의 말은 나까지 싸잡아 은근히 의사들을 비난하는 것 같이 들린다. 질병의 예방과 조기진단이 가장 효율적인 치료이므로 차분히 시간을 두고 경과를 살펴봐도 좋은 경우에도 다짜고짜 수술부터 하는 사례가 없지는 않을 것이다. 더러는 과잉진료를 하는 예도 생길 것이다. 그러나 환자에게 생기지도 않은 병을 미리 진단하고 수술을 강요하는 의사도 있을까? 내 주변에는 없지만 소설 속엔 나오기에 흥미롭게 읽게 되었다.

빈 출신의 작가 구스타프 마이링크의 『골렘』에 어이없는 의료 행위를 하는 안과의사가 나온다.

'골렘'이란 진흙으로 만든 인조인간을 말한다. 한 랍비가 자기를 도와 유대교 교회당의 종을 치고 그 밖의 허드렛일을 하는 하인으로 쓰려고 골렘을 만들었다고 한다. 그러나 완전한 인간이 아니라 외부에서 생명력을 넣어줄 때에만 움직임이 가능하게 만들었다. 그의 이빨 안쪽에 우주의 자유로운 별들의 힘을 빨아들인다는 부적을 부착시켰다. 낮 동안에만 부적을 부착시키고 밤이 되면 빼곤 했는데 어느 날 랍비가 취침 기도를 올리기 전에 골렘의 입에서 부적을 빼는 것을 잊었다. 그날 밤 골렘은 광란에 빠져 어두운 골목 사이로 날뛰며 눈앞에 보이는 건 닥치는 대로 박살냈다. 랍비가 달려들어 부적을 제거하자 골렘은 생명이 빠져나가 무너져 내렸고 남은 건 난쟁이처럼 생긴 진흙 형상뿐이었다는 전설이 전해 내려온다. 이 골렘이 등장하는 소설의 줄거리를 따라가 보자.

                            *   *   *

　아타나시우스 페르나트는 보석세공사로 프라하의 유대인 집단
거주지인 게토에서 살고 있다. 그는 특이하게도 과거를 기억하지
못한다. 주변 사람들 말에 의하면 정신과 치료를 받은 결과 그렇게
되었다는 것이다. 페르나트는 사십 대 중반의 나이에 가족 없이 홀
로 지내고 있다.

　하루는 페르나트 집에 손님이 찾아온다. 그 손님은 주머니에서
책을 꺼내 수선해 달라고 부탁한다. 금속으로 장정되어 보석이 잔
뜩 박힌 책이다. 책 주인이 복원해 달라는 부분은 이부르(Ibbur)라
는 장으로 I자가 해어져 있다. 페르나트는 이부르를 '영혼의 다산'으
로 해석하고 뒤적이다 책 속에 깊이 빠져든다.

　　그 책은 꿈이 그러는 것처럼 내게 말을 걸었다. 하지만 훨씬 더 뚜렷
하고 훨씬 더 분명하게, 마치 무슨 심문을 하는 것처럼 내 가슴을 전율
케 했다. 보이지 않는 입에서 말들이 쏟아져 나와 생명을 얻어 나를 향
해 다가왔다. 그것들은 내 앞에서 마치 온갖 색깔의 옷을 차려입은 여
자 노예들처럼 빙빙 돌며 행진을 하다가 바닥에 주저앉았다. (……)
　　이어서 그것들은 한 여자를 끌고 왔다. 그녀는 완전히 발가벗은 차림
이었는데 거인과 같은 몸집을 가지고 있었다. (……)
　　한 남자와 한 여자가 얼싸안고 있었다. (……)

그 한 쌍은 반은 남자요 반은 여자인 하나의 모습으로 변해서, 그러니까 자웅동체가 되어 자개로 만든 왕좌에 앉아 있었다.

페르나트는 책을 다 읽은 후에 누가 책을 맡겼는지 기억하려 애쓴다. 묘사하기 어려운 그의 모습은 깔끔하게 면도한 얼굴에 광대뼈가 불거져 있으며, 눈이 사시였고 독특한 걸음걸이 때문에 곧 앞으로 고꾸라지려는 것처럼 보였다. 페르나트는 나중에 인형극 연출가와 화가 친구에게 이부르 책에 대해 이야기한다. 그들은 책 주인이 필시 골렘일 것으로 추측한다. 그들은 이런 대화를 나눈다.

"골렘이라고? 사람들한테서 그 이야기를 많이 들었어. 자네는 골렘에 대해서 잘 알고 있나?" 화가가 물었다.

"어느 누가 골렘에 대해 뭘 안다고 말할 수 있겠나." 인형극 연출자가 대답하며 어깨를 으쓱해 보였다. "사람들은 평소에 골렘을 전설로 생각하지. 그러다가 어느 날 거리에서 어떤 일이 일어나면 골렘이 다시 살아나는 거야. 그러면 사람들은 누구나 한동안 골렘 이야기를 한다네. 그렇게 해서 소문이 눈덩이처럼 불어나는 거야. 그러다 보면 소문은 마침내 그 황당무계함 때문에 오히려 사그라지고 마는 거지."

인형극 연출자가 말한 바로는 게토 골목에는 죽지 않는 어떤 존재가 있다고 했다. 대략 33년마다 이 골목에서 어떤 사건이 반복해서 일어나는데 사건 자체야 그다지 자극적이지 않지만, 은근히 공포를 자아낸다는 것이었다. 면도를 말끔히 한 누런 얼굴빛의 몽골 타입인 낯선 인간이 옛날 풍의 낡은 옷을 입고 금방이라도 앞으로 고꾸라질 것처럼 비틀대는 일정한 걸음걸이로 게토 지역을 성큼성큼 걸어왔다가는 갑자기 사라진다고 했다. 한 세대에 한 번씩 하나의 정신병이 번개처럼 게토 지역을 훑고 지나가면서 알 수 없는 그 어떤 목적을 위해 사람들의 영혼을 습격한다고 생각하는데 그것은 자신의 몸에서 빠져나간 자신의 영혼일지도 모른다고 여기는 사람도 많다는 것이다.

게토 건물 중에는 격자창이 달린 방이 하나 있는데 그 방은 출입구가 없다는 게 특징이란다. 그 방으로 들어갈 수 있는 다른 방도가 없었으므로 어떤 남자가 몸에 밧줄을 매고 지붕에서 내려갔다고 했다. 그런데 그가 창문에 접근하는 순간 밧줄이 끊어져 버리고 불쌍한 남자는 길바닥에 머리를 찧고 죽었단 것이다. 이후 사람들은 골렘이 있다고 생각하는 방에 접근하려 하지 않았다는 것이다.

페르나트는 골렘에 대한 이야기를 들으며 게토를 둘러싸고 운명은 돌고 돌다가 원래의 출발점으로 돌아오는 것으로 생각한다. 그것은 마치 한쪽 뇌를 다친 고양이가 미친 듯이 같은 원을 그리며 뱅글뱅글 도는 모습이 연상되는 것이다.

페르나트가 거리에 나섰을 때 가난한 의과대학생 차루세크가 다가와 이 거리에 관해 이야기한다. 이 누추한 거리, 버림받은 늙은 짐승들처럼 쏟아지는 빗줄기를 맞으며 나란히 웅크리고 앉아 있는 이 거리에 백만장자도 살고 있다는 것이다. 그 백만장자란 바로 고물장사 아론 바서트룸이라고 했다. 페르나트가 사는 건물의 맞은편에 그 고물가게가 있다. 고물상 아론 바서트룸은 날마다 가게 앞에 서 있는데 빤히 쳐다보는 흉측한 얼굴, 희번덕거리는 물고기 눈깔에 토끼의 입술처럼 갈라진 언청이 입술을 가졌고 마치 죽은 듯이 가만 숨어 있다가 제 거미줄을 살짝만 건드려도 금세 파닥대는 인간 거미 같단 생각이 들게 했다. 그가 이 게토 지역의 1/3을 소유하고 있다고 의대생이 말한다. 또한 고물장사의 아들이 안과 의사였단 사실을 말해준다. 당대의 위대한 전문가로 소문난 바소리 박사가 바로 고물상의 아들인데 의사는 얼마 전에 죽었다. 그것도 진료실에서 자살을 했는데 이 이야기를 전하고 있는 의과대학생 때문이라는 것이다. 차루세크는 폐병 때문에 자주 기침을 하며 사건의 전모를 알려준다.

바소리 박사는 녹내장 치료의 권위자였다. 녹내장이란 안구 내부에 생기는 고약한 병으로 심하면 실명을 초래하는데 그 진행을 막는 방법은 수술뿐이다. 이른바 홍채절제술이라고 홍채를 쐐기 모양으로 도려내는 수술이다. 수술의 부작용은 눈부심 현상으로 평생 계속된다. 그러나 실명을 피할 수 있으므로 환자들은 수술을 선택하는 것이다.

바소리 박사는 시도 때도 없이 녹내장이란 진단을 내렸다. 특히 여성 환자들이 오면 대수롭지 않은 시력장애를 녹내장이라고 진단하며 수술을 해야 한다고 겁을 주었다. 학술지에 엉터리 논문을 발표하여 타의 추종을 불허하는 전문가로 명성을 얻었고, 또 환자들이 구름처럼 몰려들었다. 그의 수법은 간단하고도 교활했다.

환자를 진찰하면서 학계의 중요한 일 때문에 해외에서 초빙을 받아 내일 당장 출국해야 한다는 말을 슬쩍 흘린다. 이어서 전기 불빛을 사용해 환자에게 고의로 많은 고통을 주면서 검진을 한다. 그리고 오래 침묵을 지키다 한참 후에 심각한 어조로 말한다. "당장 두 눈의 실명을 피할 수가 없겠습니다."라고.

환자들은 실명이란 말에 절규하며 도움을 청한다. 그러면 이 야수 같은 의사는 수술만이 해결책이라면서도 자신은 내일 출국해서 몇 개월 후에나 돌아올 거라고 대답한다. 환자들은 소스라치게 놀라며 단 하루도 기다릴 수 없다고 의사에게 매달린다. 더러 다른 의사에게 가도록 주선해달라고 부탁하면, 바소리는 천연덕스럽게 이 상태에서 또다시 눈부신 검사를 하면 치명적인 결과를 초래한다고 말해준다.

환자들은 절망감에 반쯤 정신이 나가 제발 여행을 미루고 은혜를 베풀어 수술을 해달라고 사정한다. 그러면 박사는 자신의 여행을 늦출 경우 발생하는 손해에 대한 설명을 하고 그로써 수술 액수가 점점 올라간다. 만족스러울 정도의 액수까지 올라가면 마침내 바소리 박사는 당장 수술을 해주겠다고 결정하고, 그렇게 해서 환자는 멀쩡한 두 눈에 치명상을 입게 되는 것이다. 그럼에도 많은 환자들은 바소리 박사를 실명의 위기에서 극적으로 구해준 생명의 은인이라 칭송을 했다는 것이다.

사실을 알아낸 의과대학생 차루세크는 자신이 직접 바소리 박사에게 진찰을 받으러 갔다. 예외 없이 차루세크에게 녹내장이란 진단을 내리자 학생은 일부러 진찰실에 아질산염이 들어 있는 플라스크 병을 두고 나왔다. 결과적으로 바소리 박사는 그 독극물을 마시고 자살했던 것이었다. 사람들은 곧 사건의 경위를 알게 되었는데 다만 차루세크가 사건에 개입된 것은 아무도 몰랐다. 박사의 아버지인 고물장사 아론 바서트룸까지도 아들을 죽음으로 몰고 간 사람은 또 다른 안과의사인 사비올리 박사라고 믿고 있다. 사비올리 박사가 질투심으로 바소리 박사를 음해한 것으로 생각하는 것이다.

그런데 사비올리 박사는 페르나트가 사는 옆방에다 밀실을 얻어 놓고 귀족 부인 안겔리나를 초대하곤 했다. 하루는 아름다운 여인이 거의 벗은 채로 페르나트의 방에 뛰어들어 숨겨달라고 한 적도 있었다. 그녀는 사비올리 박사의 애인이란 이유로 고물장사 아론 바서트룸의 끈질긴 추적을 받는 중이었다. 고물장사는 사비올리와 그의 애인을 없애버려 아들 바소리 박사의 원혼을 풀고자 했다. 고물장사는 게토 골목 가게 앞에 서서 사람들의 동향을 끊임없이 관찰하고 있었다.

안겔리나는 다급하게 페르나트의 방에 몸을 숨기러 들어왔지만 그녀는 페르나트를 이미 알고 있었다. 주인공이 과거를 잃어버려 기억을 못 할 뿐이었지 오래전에 그 둘은 연인 사이였던 것이다. 안겔리나는 며칠 후 페르나트에게 편지를 보내 성당에서 만나자고 했다. 그녀는 사비올리와 자신을 쫓아다니는 고물장사 아론 바서트룸이 단지 돈을 원해서 그러는 줄 알고 보석을 전해주어 아론을 진정시켜 달라고 부탁했다. 페르나트는 안겔리나를 돕고 싶었다. 그러는 과정에서 그는 경찰에 체포되어 감옥 신세를 지게 되었다. 어느 실종된 보험회사 직원의 살인죄가 적용되었다. 그건 바로 아론 바서트룸이 페르나트에게 장물인 금시계를 선물했기 때문에 발생한 일이었다. 아론이 페르나트가 안겔리나를 도와주는 걸 알고 해코지하려고 꾸민 일이었다.

일 년 남짓 무고한 옥살이를 하고 나오니 페르나트는 자신이 살았던 게토 지역이 재개발을 위해 모두 파헤쳐져 있는 것을 보게 되었다. 그가 사랑했던 유대인 처녀 미리엄과 시청직원이지만 랍비로 불렸던 미리엄의 아버지 힐렐의 행방도 알 길이 없다. 한동안 안과 의사 사비올리는 아론 바서트룸의 압박으로 사경을 헤매며 침대에 누워 있었지만 아론이 죽은 후 회복되었다고 했다. 아론 바서트룸은 누군가에게 끌에 찔려 죽었다고 했다. 안겔리나는 귀족 남편과 이혼을 하고 사비올리와 멀리 떠났다.

또 한 사람 의과대학생 차루세크는 양손의 동맥을 끊고 아론 바서트룸의 묘에다 두 개의 구멍을 파서 팔을 넣은 채 죽었다는 소식을 들었다. 차루세크는 페르나트가 감옥에 들어가 있었을 때 도와주려고 백방으로 애를 썼지만 실패했다. 그는 오랫동안 앓고 있던 폐병으로 수명이 얼마 남지 않은 걸 알고 자살을 택한 것이었다. 하지만 그가 아론 바서트룸의 묘 위에 엎어져 죽은 데는 이유가 따로 있었다. 고아로 알려진 차루세크가 바로 아론 바서트룸의 친아들이었던 것이었다. 바서트룸은 차루세크의 어머니와 아이를 낳았지만, 자신이 그녀를 사랑하게 될까 봐 두려워 그녀를 사창가로 팔아버렸다는 것이었다. 그래서 차루세크는 그토록 아론 바서트룸을 미워했고 또한 자신의 배다른 형 바소리 박사를 증오했던 것이다.

페르나트는 온통 파헤쳐진 게토 거리에서 유일하게 남은 건물에 세를 들었다. 언젠가 사람들이 그 건물 안에서 골렘이 자취를 감추었다고 말한 바로 그 건물이었다.

어느 날 밤 페르나트가 사는 건물에 불이 나서 그는 굴뚝으로 올라가 줄을 타고 내려오게 된다. 그러다가 어느 집 창문을 지난다. 그때 창문 속으로 집안을 들여다보다 기쁨으로 소리친다. 그리고

18. 녹내장

잠에서 깬다. 그는 무엇을 보았을까?

그러니까 지금까지의 이야기는 모두 화자의 꿈속에서 일어난 일이다. 작품의 화자는 어느 날 성당에서 미사를 드린 후 모자를 바꿔 쓰고 왔다. 그 모자에는 아타나시우스 페르나트라는 이름이 새겨져 있었다. 그래서 그는 아타나시우스 페르나트가 되어 그의 삶을 이야기하는 것이다. 이제 꿈에서 깨어 그는 게토 거리를 찾아가 아타나시우스 페르나트를 만나려고 한다. 이미 30년 전에 건물들이 없어진 그곳에서 지난날을 기억하는 몇몇 사람의 도움으로 아타나시우스 페르나트를 만나는 데 성공한다. 이제 30년도 지난 모자를 주인에게 돌려줄 수 있게 된 것이다. 아타나시우스 페르나트는 미리엄과 영생의 삶을 살고 있었다. 소설은 이렇게 마무리한다.

"아타나시우스 페르나트가 천천히 내 쪽으로 고개를 돌렸다. 순간 나는 심장이 멎었다. 마치 거울 속의 나를 보는 것 같았다. 그의 얼굴은 내 얼굴과 너무나 흡사했다."

* * *

1915년에 발표된 이 작품은 그러니까 100년쯤 전에 쓰인 것이다. 하지만 어찌나 환상적인지 줄거리를 이해하는 데에 힘겨웠던 게 사실이다. 작가 구스타프 마이링크는 과학적이고 합리적이며 눈에 확연히 보이는 것보다 그렇지 않은 것에 매우 치우쳐 있었나 보다. 그가 신비주의나 동양 사상에 몰입했었다는 기록을 통해서도 추측할 수 있듯이, 골렘이란 존재를 내세워 자신의 의식을 반영하려고 했던 것이다. 즉 골렘이란 실제로 있는 유령이 아니라 특정한 상황에서 등장하는 분신의 이미지로서 일종의 도플갱어인 셈이다. 이런 골렘은 물질이나 제약으로부터 얼마든지 자유로울 수 있는 특징이 있다.

작품 속에서 그리 중요한 인물은 아니지만 안과 의사를 살펴보기로 하자. 고물상의 아들인 바소리 박사는 게토 출신답게 돈을 밝히는 의사가 되었다. 녹내장이 일단 수술만 하고 나면 아무도 그 진위를 알 수 없다는 점에 착안해 바소리는 진료받으러 오는 환자들에게 모두 다짜고짜 녹내장이라 진단을 내린다. 녹내장이 실명으로 이어진다는 것은 일반적으로 알려진 상식이다. 그러면 환자들은 화들짝 놀라 행여 실명의 위기에 처할까 봐 일평생 눈부심이라는 부작용을 감내하고라도 홍채 절제술을 빨리해달라고 애원하는 것이다.

이렇게 바소리 박사는 불법 의료를 자행하다가 한 의과대학생에 의해 진실이 까발려지자 독극물을 마시고 자살을 한다. 물론 그 의과 대학생이 바소리 박사의 배다른 동생이란 것이 배경으로 설정되어 있지만, 진료에 무리수를 두었던 돌팔이 의사는 자살을 택할 수밖에 없었던 것이다.

녹내장(Glaucoma)은 안압의 상승으로 인해 생긴다. 안압이 상승하면 시신경이 눌리거나 혈액 공급이 되지 않아 시야의 이상이 나타나다가 점점 시야가 좁아지는 병을 녹내장이라 말한다.

아직 이 병의 정확한 원인은 밝혀져 있지 않다. 녹내장에 대한 가족력이 있거나, 평소 안압이 높은 경우, 그리고 고혈압, 당뇨병, 심혈관 질환 및 근시를 가진 사람에게서 발병률이 높다. 세계 인구의 5%를 차지하므로 흔한 병은 아니다.

만성 녹내장의 경우 초기증상은 눈에서 나타나기보다는 속이 울렁거리기 때문에 환자들은 체한 줄 알고 내과를 먼저 찾아가게 된다. 나중에 안과에서 안압을 측정해보고 비로소 녹내장임을 알아내는 경우가 많다. 정상 안압은 10-21mmHg이다. 급성 녹내장 환자는 극심한 안구 통증을 호소하고 오심과 구토 증세를 보인다. 오늘날엔 레이저로 간단하게 홍채에 구멍을 뚫어주는 시술도 발달했고 안압을 내려주는 점안액도 다양하게 개발되어 있다. 그러나 녹내장의 경우 한번 진단이 내리면 완치란 말을 사용하지 않는다. 마치 당뇨병처럼 더불어 지니고 살면서 몸을 돌보고 지속적인 치료를 해야 한다.

우리 몸 가운데 어느 것 하나 소중하지 않은 곳이 있을까마는 눈은 유난히 중요하게 평가되고 시력을 잃으면 모든 걸 다 잃는 것처럼 생각하기 마련이다. 그런 환자의 심리를 자극하여 쓸데없는 수술을 하는 의사가 있을 리 없다고 믿고 싶다. 오직 소설 속의 이야기일 뿐……

이 작품을 언급할 때 수식어처럼 따라다니는 이야기가 있다. 루이스 호르헤 보르헤스가 유년 시절에 『골렘』을 읽고 매우 감명을 받았다는 것이다. 보르헤스가 유대인과 그들 문화에 관심을 끌게 된 것도 이 작품 덕택이라고 한다. 훗날 보르헤스는 동명의 시를 지었다는데 그 마지막 부분만 옮겨본다.

> 랍비는 그를 다정하게
> 또한 막연한 공포로 바라보았네
> "(혼자 말하기를) 내 어찌 무위(無爲)의 현명함을 저버리고
> 이 골치 아픈 아들을 창조했던고?
>
> 하고많은 중생이 있거늘
> 뭐하러 하나의 표상을 더 첨가했을꼬?
> 영원으로 감기는 속절없는 실타래에
> 어쩌자고 또 다른 인과응보와 번뇌를 제공했을꼬?"
>
> 흐릿한 빛이 감도는 고뇌의 시간에
> 랍비는 골렘에게서 시선을 떼지 못했지
> 프라하의 그 랍비를 바라보며
> 신이 느꼈을 감정은 그 누가 말해 주리?

18. 녹내장

구스타프 마이링크(Gustav Meyrink)

본명은 구스타프 마이어(Gustav Meyer)이며 1868년 빈에서 태어났다. 아버지는 뷔르템베르크 공국의 내무대신이고 어머니는 유대인 여배우라는데 아버지는 아들을 인정하지 않아 부모의 무관심 속에서 자랐다. 20대 초반에 사업 실패 등의 이유로 권총자살을 하려는데, 갑자기 문틈으로 신비주의에 대한 전단지가 들어오는 바람에 죽지 않게 되고 그때의 일을 기화로 신비주의에 빠져든다. 그는 내면적이고 정신적인 마법, 신비적 직관, 연금술, 카발라, 요가와 도교, 불교 등에 심취한다. 잡지를 통해 「뜨거운 군인」이란 에세이로 데뷔한 이래 구스타프 마이링크란 필명을 사용하고 활발한 작품 활동을 했다. 1915년 발표한 첫 소설 「골렘」이 25만 부나 판매되면서 명성을 날리게 된다. 나치가 집권하자 평화주의자였던 그의 작품들은 분서의 대상이 된다. 나치 시절에 비난받다가 종전 후에 반은둔자 생활을 하며 지병인 척추 질환으로 고통받다가 1932년 12월 4일 사망한다. 그의 묘비에는 이렇게 적혀 있다. '나는 살아 있다. - 나는 살아있다.'

19. 건강염려증

의사 사윗감을 찾아라

— 몰리에르 『상상병 환자』

별명이 '백과사전'인 환자가 있었다. 의학 지식이 해박하기도 했지만 하도 병원에 자주 와서 차트가 마치 백과사전만큼이나 두터워졌기 때문에 붙여진 이름이었다.

결혼 적령기의 그녀는 어여쁜 얼굴에다 날씬한 체격을 가졌다. 고학력에다 번듯한 직장도 있고 가정형편도 여유로워 무엇 하나 부족한 점이 없어 보였다. 그런데 하루가 멀다고 병원에 찾아왔다.

숫처녀임에도 불구하고 자궁암에 걸린 것이 틀림없다 우기고 또 어떤 날엔 골반염일 것이라 주장하다가 때론 듣도 보도 못한 희귀한 병명을 대면서 금방 죽을 것처럼 눈물을 떨궜다. 각종 암 검사며 혈액검사, 세포검사……, 검사란 검사는 다 해보았는데 결과는 언제나 같았다. 정상이라고 결과를 알려줄 때마다 그녀는 실망의 기색을 감추지 못하고 돌아가지만, 며칠 후면 이내 새로운 병명을 만들어 찾아왔다.

몸은 사뭇 건강한데도 생각으로 병을 자꾸 창조해내는 그녀가 딱한 나머지 병원에 그만 좀 오라고 했더니 한동안 보이지 않았다. 하지만 얼마 후에 도로 모습을 드러내 새로운 사실을 알려주었다. 그동안 인터넷을 보고 그럴싸한 병원에 찾아갔다는데 거기에선 대뜸 '피로증후군'이란 거창한 진단명을 붙여 터무니없는 액수의 진료비를 요구하더란다. 그래도 나아지려는 일념으로 별반 효과도 없는 수액치료를 줄곧 받던 중에 그 병원이 사기죄에 걸려 문을 닫았다는 것이다.

이후에도 한 달에 한 번 이상 꼭꼭 병원을 들락거렸는데 나로선 차마 정신과에 가보란 말을 할 수가 없었다. 그러던 그녀가 어느 날 신랑을 데려와 인사시키는 것이 아닌가.

"선생님의 후배예요."라고 소개하며……

의사 남편을 만났으니 그녀의 상상병들은 죄다 치유가 되었으리라. 아마 지금쯤은 아이도 낳고 잘살고 있으리라 믿는다.

그녀를 떠올리면 생각나는 작품이 있다. 바로 프랑스의 희곡작가 몰리에르의 『상상병 환자』이다.

'상상병'의 의학적인 명칭은 '건강염려증(Hypochondriasis)'이다.

이들 환자의 특징은 자신이 중병에 걸렸다는 과도한 두려움을 보이는 것이다. 진찰이나 검사로서 아무런 병이 없다는 걸 밝혀주어도 소용이 없다. 여전히 아프다고 한다.

* * *

아르강은 대체 몇 가지의 병에 걸렸는지 모른다. 증상이 가지각색이다. 때때로 두통이 생기고 때론 눈앞에 연막이 끼인 것처럼 보이다가 어떤 땐 가슴이 아프고 혹은 사지가 온통 노곤하다. 또 이따금 심한 복통이 일어난다.

그는 의사의 처방에 의존해서 산다. 이번 달엔 여덟 가지 약을 쓰고 열두 번의 관장을 받았다. 지난달엔 열두 가지의 약 복용과 함께 스무 번의 관장을 받았다. 의사와 약사의 청구서를 계산하는 게 그의 주된 업무다.

한편 아르강의 두 딸 중 장녀 안젤리끄는 혼기가 꽉 찬 처녀이다. 그녀에겐 사랑하는 연인이 있지만 아버지는 의사 사위를 원한다. 자신의 주치의의 젊은 조카를 점찍고 있는데 그는 의학도 '또마'이다. 사람들이 왜 그를 사윗감으로 정했느냐고 묻자 이렇게 대답한다.

19. 건강염려증

"그 이유야 내가 지금 이렇게 불구이고 병이 들어 있으니까 의사들과 인척 관계를 맺고, 또 사위를 들여서 직접 간호받고, 내게 필요한 약들을 집안에 두고 진찰과 처방을 같이 받을 수 있도록 하자는 거지."

총명한 하녀 뜨와네뜨의 생각에 주인님 아르강은 결코 환자가 아니다.

"의사와 약사들이 나리의 몸을 장난감 가지고 놀듯 재미있어해요. 나리를 이용해 먹는다구요. 도대체 나리에게 무슨 병이 있다고 그렇게 많은 약을 먹게 하죠?"라고 물으면 아르강은 몹시 화를 내며 그녀에게 막말을 일삼는다.

"이 암캐 같은 년, 망할 년아! 아이구 속 터져! 가엾은 환자를. 그래, 이처럼 혼자만 내버려 둘 수가 있나? 아이구! 참 가련도 해라. 날 여기서 죽게 내버려 두려고 그러는구나."

주인이 단지 상상만으로 아프다는 걸 간파한 하녀는

"나리의 가슴에 손을 얹고 물어보세요. 나리, 나리가 정말 환자이신가요?"하고 정곡을 찌르는 말로 아르강을 펄펄 뛰게 한다.

아르강은 첫 번째 아내를 잃고 후처를 맞아들인 터였다. 새 여자는 재산을 노리고 결혼했기에 아르강의 비위를 맞추며 한편으론 전처소생의 딸들을 수녀원으로 내쫓을 궁리 중이다. 당시엔 부인에게 상속권이 없기 때문에 남편이 살아있을 때 한몫 챙겨 두어야만

했다. 그녀는 공증인을 찾아다니느라 분주하다. 그래도 남편 앞에
서는 아양을 떨어 아르강은 그녀가 진정으로 자신을 위하는 유일한
사람이라 믿고 있다.

어느 날 의사 사윗감 또마가 청혼을 하러 왔다. 또마는 아르강을
향해 준비해온 인사말을 늘어놓는다. 친부모보다 장인에게 더욱 효
도하겠다고 아부한다. 안젤리끄에겐 이미 사랑하는 남자가 있건만
막무가내로 청혼을 한다.

아가씨, 태양의 빛줄기가 멤논의 동상을 비출 때, 그것은 작지도 크
지도 않은 꼭 알맞은 소리로 조화로운 반향을 울리곤 했습니다. 그와
마찬가지로 당신의 아름다움이라는 태양의 출현에 저는 감미로운 격정
에 휩싸여 있답니다. 자연주의자들이 해바라기라고 일컫는 꽃은 끊임
없이 태양을 향해 돌아간다고 지적했듯이, 이제부터 제 심장은 당신의
그 찬란한 눈빛으로부터 흘러나오는 반짝이는 천체를 따라 항상 돌아
갈 것입니다. 그러니 아가씨, 오늘 당신의 눈부신 미의 성단 위에 제
영혼의 선물을 바치는 것을 허락해 주십시오. 미천한 제 마음은 오직
당신에 대해 순종적이며, 충실한 복종자이고 당신의 남편이 되기만을
열망하며, 다른 어떠한 영예나 야망도 원치 않습니다.

외워 온 인사말을 줄줄이 읊는 또마의 얼간이 같은 모습은 하녀
까지 절로 비아냥거리게 한다. 그는 장모에게 할 말은 도중에 잊어

버려 제대로 전하지도 못한다.

그런 사윗감에게 아르강이 진찰을 청하자 실력도 없고 머리가 나쁜 또마는 괴상한 진단을 내린다. 아르강은 자신의 간이 나쁘다고 믿고 있지만 또마는 비장이 나쁘다고 말하다가 간장이 나쁜 거나 비장이 나쁜 거나 결국 같은 것이라며 얼버무리기도 한다. 아르강이 계란에다 소금을 몇 알 찍어 먹는 게 건강에 좋은지 물어보자.

"약을 잡수실 때는 홀수로 나가니까 여섯, 여덟, 열 개의 짝수로 잡수시도록."이라는 답변을 하기도 한다.

때마침 아르강의 동생 베랄드가 찾아온다. 그는 형이 상상병에 시달리는 걸 알고 있다. 형이 여우 같은 형수에게 속아 재산을 날리거나 조카딸이 원치 않는 결혼을 하는 걸 모쪼록 막아보려 애쓴다. 특히 아르강이 의사들에게 휘둘리는 것을 안타깝게 생각한다.

"형님은 항상 그 약사나 의사들에게 기대서 형님의 체질을 핑계로 환자 행세를 하실 작정이세요?"라고 묻곤 한다.

그때마다 아르공은 처절하게 대답한다.

"여보게, 내가 약 기운으로 지탱된다는 걸 모르나? 난 치료를 받지 않으면 단 사흘도 못 견디고 쓰러질 거라고 주치의 퓌르공 씨가 그랬어."

베랄드는 의학을 믿지 않는다. 그건 사람들의 광기일 뿐이라고, 사람을 치료한답시고 쓸데없는 참견이나 하는 자보다 더 우스운 인간은 없다고 말한다. 그렇다면 의사란 아무것도 모르는 거냐고 묻는 아르강의 질문에 베랄드는 이렇게 대답한다.

"왜요, 제법 많이 알죠. 형님, 그들은 고전을 대부분 알고 있고, 라틴어를 유창하게 말할 줄도 알고, 모든 병에 대한 증세를 희랍어로 이름 붙일 줄도 알고, 그것을 정의 내리고 구분할 줄도 알아요. 하지만 치료하는 데에 가서는 아무것도 모른답니다."

베랄드는 의사에 대해 유난히 부정적이다. "의사는 아무런 생각도 없이 단지 맹신하는 지식만으로 환자를 저 세상으로 보내곤 하지만 환자를 죽여도 자기 처나 자식에게 한 일이 아니고 언제고 해야 할 일을 했을 뿐"이라 우긴다는 냉소적인 말을 내뱉는다.

그는 형에게 다시는 의사의 처방을 따르지 말라고 권한다. 약사가 아르공에게 관장을 해주러 오면 베랄드는 쫓아버린다. 자신의 치료와 권위에 대항한 걸 주치의가 알고는 달려와 화를 낸다. 의사에게 복종하지 않아 더욱 나쁜 병을 앓게 될 거라고 아르공에게 이런 악담을 쏟아놓는다.

"당신의 형편없는 체질과 더러운 내장과 썩어 가는 피와 쓴 담과 오탁한 액을 그냥 버려둘 수밖에 없다고 말씀드려야겠소."

의사의 저주 때문에 불안에 떠는 형을 위해 베랄드는 하녀 뜨와

19. 건강염려증

네뜨를 명의로 변장시킨다. 변장한 뜨와네뜨는 자신을 90살 된 떠돌이 의사라고 소개하고 죽은 자도 너끈히 살린다고 너스레를 떤다. 그리고 아르강에게 한쪽 팔을 자르고 한쪽 눈을 빼내는 수술을 받으라고 권한다. 한쪽이 다른 쪽의 양분을 빼먹어서 반대쪽까지 못쓰게 되기 전에 잘라내고 빼버리라는 것이다. 아르강은 어이가 없다.

"한쪽 팔을 자르고 한쪽 눈을 빼라고? 다른 쪽이 더 잘 움직이도록? 하지만 난 그렇게 너무 잘 돌아가지 않는 게 훨씬 좋아. 참 별난 수술도 다 있군. 날 애꾸눈에다 외팔이로 만들려 하다니!"

우스꽝스러운 의사 덕분에 아르강의 기분이 조금 나아지자 베랄드는 이번엔 조카 안젤리끄의 결혼을 추진하는 일을 꾀한다. 또마와 결혼하라는 아버지의 뜻에 순종하지 않는 안젤리끄를 수녀원으로 보내버리려는 아르강을 만류한다. 그리고 잠시 죽은 체하라고 아르강에게 시킨다. 가족의 진심을 알아내려고 연극을 꾸미는 것이다.

의자에 앉은 채 죽어 있는 아르강의 모습을 보자 그의 후처는 무척 기뻐한다. 하지만 재산을 가로채기 전에 죽었다는 소문이 나지 않도록 하녀에게 입단속을 시킨다. 반면에 맏딸 안젤리끄는 아버지의 부고에 슬피 울면서 진심으로 애도한다. 아르강은 죽은 체하기를 그만두고 깨어나서 나쁜 아내는 내쫓아버리고 착한 딸에게 그녀가 사랑하는 남자와 결혼하라고 승낙한다. 대신에 조건을 하나 붙인다.

"의사가 되게. 내 딸을 줄 테니."

사윗감은 기꺼이 의사가 되겠노라 대답한다.

그때 아르강의 동생 베랄드가 나선다.

"형님, 제게 생각이 하나 있는데요. 형님 스스로 의사가 되시죠. 그렇게 되면 훨씬 편리할 겁니다. 형님에게 필요한 건 뭐든지 지니게 될 테니까요."

그리하여 아르강이 의사가 되는 의식을 치르는 것으로 막을 내린다.

*　　*　　*

요즘 새내기 의사들이 하는 히포크라테스 선서에는 예전에 없던 이런 내용이 추가되었다고 한다.

'과잉 처방은 금하고, 터무니없는 진료비 청구도 삼가며 환자를 독점하지 말 것이며, 건강염려증 환자를 부추기지 말지어다.'

그렇다면 건강염려증 환자가 얼마나 많기에 이를 꼭 집어서 선서를 시키는 것일까? 그 유병율이 4~9%라니 적은 숫자는 아닌 것 같다.

나처럼 의학을 공부한 사람도 머리가 계속 아프면 뇌종양에 걸렸을까? 기침이 나면 폐암이 아닐까? 배탈이 나면 맹장염이 아닐까? 하고 심한 병을 떠올리기 마련인데 의학지식이 없는 사람은 아픈 것에 대한 공포가 얼마나 심할지 짐작할 수 있을 것 같다. 그 누구라도 건강은 장담할 수가 없으니 질병과 죽음에 대해 걱정을 하는 것은 당연한 일이다. 하지만 그 걱정이 6개월 이상 장기적으로 이어질 땐 건강염려증이란 진단을 내리게 된다.

　건강염려증에 걸리면 본인도 괴롭지만, 본의 아니게 주변 사람들까지 괴롭히게 되므로 이야말로 소모적인 병이 아닐 수 없다. 정신과에서는 건강염려증 환자에게 항우울제와 같은 약물을 사용하기도 하지만 대개는 심리적인 원인이 숨겨져 있기 때문에 상담치료로 도움을 주는 경우가 많다. 반드시 정신과 의사가 아니더라도 환자에게 질병에 대해 상세하고 정확한 설명으로써 건강염려증에서 벗어나게 하는 경우도 많다고 한다. 모르기 때문에 더욱 근심이 크게 마련이므로 관련 지식을 잘 전해주는 전문가의 성의가 필요한 것이리라.

　작품 말미에 아르강은 사위가 의사가 되는 것에 만족하지 않고 본인 스스로 의사가 되어 건강염려증을 물리친다고 되어 있지만, 과연 그가 의사가 되었다고 상상병이 싹 가셨을지는 모를 일이다.

　한편 의사 사윗감을 원하는 것은 몰리에르 시대나 지금이나 변함이 없어 보인다. 다만 오늘날엔 이 작품처럼 수월하게 치료받기 위해 의사 사위를 얻기보다는 경제적 안정성 때문에 의사를 사위로 삼으려는 세태가 두드러져 보인다. 하지만 그것도 곧 옛말이 될지 모르겠다. 주변에 개업하여 고전을 면치 못하거나 신용불량자로 전락하는 의사가 점점 늘어가고 있으니 말이다.

몰리에르(Moliere)

본명은 장바티스트 포클렝(Jean-Baptiste Poquelin)이다. 1622년 1월 15일 프랑스 파리에서 부유한 실내장식업자의 맏아들로 출생했다. 명성 높은 콜레주 드 클레르몽에서 인문주의 중등교육을 받고 가업을 이어받으려고 했다. 또한 오를레앙 대학에서 법률학 공부를 하여 변호사 자격을 취득했다. 그러나 21살에 안락한 가정을 떠나 극단에 들어갔다. 1644년 22살에 초연 실패 후 몰리에르란 예명을 쓰기 시작했다.

1645년 파산 후 수감생활을 했으며 이때부터 파리를 떠나 13년간 지방순회공연을 했다. 1658년 파리로 돌아와 『사랑에 빠진 의사』 공연에 성공하고 이후 왕실 극장의 사용권을 얻어 활발한 작품 활동을 했다. 『타르튀프』 공연 당시 귀족과 성직자의 비난을 감내하며 오랜 투쟁의 삶을 살았다. 1673년 2월 10일 마지막 희곡 『상상병 환자』 주인공 역을 완수하고 지병인 폐병으로 쓰러져 집에 돌아와 열두 시간 후에 사망하여 생 조지프 묘지에 안장되었다. 주요 작품으로 『수전노』 『아내들의 학교』 『인간혐오자』 『억지 의사』 『서민 귀족』 『돈주앙』 등이 있다. 그의 사망 7년 후 국왕의 명으로 몰리에르 정신을 계승한 코메디 프랑세즈(Le Comedie Francaise)가 창립되었다. 코메디 프랑세즈는 일명 '몰리에르의 집'이라 부른다.